熊猫食侠传

石中华 著

新星出版社 NEW STAR PRESS

图书在版编目（CIP）数据

熊猫食侠传 / 石中华著 . -- 北京：新星出版社，2020.11
ISBN 978-7-5133-3316-0

Ⅰ . ①熊… Ⅱ . ①石… Ⅲ . ①科学幻想小说—中国—当代 Ⅳ . ① I247.5

中国版本图书馆 CIP 数据核字（2018）第 273766 号

熊猫食侠传

石中华 著

| 策　　划：谢　斌　杨成春　朱　鹰
| 责任编辑：汪　欣
| 特约编辑：洪　与　姚小红　莫金莲　刘德华
| 责任印制：李珊珊
| 装帧设计：刘青文

出版发行：新星出版社
出 版 人：马汝军
社　　址：北京市西城区车公庄大街丙 3 号楼　　100044
网　　址：www.newstarpress.com
电　　话：010-88310888
传　　真：010-65270449
法律顾问：北京市岳成律师事务所

读者服务：010-88310811　　service@newstarpress.com
邮购地址：北京市西城区车公庄大街丙 3 号楼　　100044

印　　刷：北京天恒嘉业印刷有限公司
开　　本：890mm×1240mm　1/32
印　　张：8.25
字　　数：132 千字
版　　次：2020 年 11 月第一版　2020 年 11 月第一次印刷
书　　号：ISBN 978-7-5133-3316-0
定　　价：35.00 元

版权专有，侵权必究；如有质量问题，请与印刷厂联系更换。

目　录

- 001　第1章　望父成龙
- 005　第2章　捕豹捉熊
- 010　第3章　仙魔大战
- 014　第4章　熊迪求爱
- 019　第5章　巧获兽元
- 023　第6章　误为奸细
- 028　第7章　怒扁虎贝
- 032　第8章　天下第一
- 037　第9章　拒当驸马
- 042　第10章　全国通缉

047	第 11 章	结义拜师
052	第 12 章	罚作苦力
057	第 13 章	偶获灵珠
061	第 14 章	真假黑熊
066	第 15 章	两颗宝珠
071	第 16 章	波谲云诡
075	第 17 章	生吞血珠
080	第 18 章	命运转机
085	第 19 章	功夫特训
090	第 20 章	大功告成
096	第 21 章	偷袭王宫
101	第 22 章	七谱密功
107	第 23 章	虎鹿争雄
111	第 24 章	换忆神功
115	第 25 章	盗取秘籍

119	第 26 章	挑拨离间
123	第 27 章	窃取灵珠
127	第 28 章	破解魔方
132	第 29 章	习武奇才
138	第 30 章	误得天书
143	第 31 章	争夺秘籍
147	第 32 章	言归于好
150	第 33 章	争风吃醋
154	第 34 章	兔巴自焚
159	第 35 章	美人心计
163	第 36 章	真假熊迪
168	第 37 章	冰原寻珠
174	第 38 章	真假鸦八
179	第 39 章	冰原融解
183	第 40 章	交换武艺

188	第 41 章	熊侠秘史
192	第 42 章	豹羽劫狱
196	第 43 章	争夺灵珠
201	第 44 章	猴靖中毒
206	第 45 章	恢复记忆
211	第 46 章	大战在即
215	第 47 章	存亡之刻
219	第 48 章	力战豹羽
223	第 49 章	天魔战阵
227	第 50 章	飞天魔兽
231	第 51 章	同归于尽
235	第 52 章	熊迪雄起
239	第 53 章	双珠融合
244	第 54 章	终极一战
249	第 55 章	绝代食侠

第1章　望父成龙

九胜神州，齐云国，东南半壁。

这里盘踞着一座怒龙山，此山密林蔽日，常年阴晦。

在深山幽僻之处，隐藏着一座煞狱宫。

这天，是煞狱宫老宫主蛟魔君的出关之日，整个煞狱宫出现了难得一见的喜庆场面。到处张灯结彩，锣鼓喧天，酒席大摆，觥筹交错。

虽说出身不一定决定命运，但是出身对命运无疑有很大影响。蛟魔君非常相信这句话。蛟本是龙的一种，却不被承认作为龙的合法性。蛟要想变成真正的龙，必须经历数百年的修炼，还要承受每50年的雷击之劫。这对生性焦躁的蛟来说，苦等是一种残酷的自虐。但是，蛟变成龙，有一条捷径可走，这条捷径就是得到焰灵珠。吞珠成龙，是蛟永恒的梦想。

焰灵珠是魔界和仙界最为神圣的宝物，而决定蛟命运的焰灵珠，一直是庚朗山仙阙门的镇山之宝。

庚朗山位于齐云国西南，从盘古开天辟地至今，已经恒亘了数千年。

此处，山青水碧，绿意葱荣，森波微荡。山高之处，终年云雾缭绕，犹如仙境。山间更是杂花生树，群莺乱飞。泉水淙淙，佳果盘生，只有春秋无有冬夏。老树怪藤奇多，历尽虬苍岁月，百态生姿。山下，水天浩荡清见底，湖飘轻舟荡青涟。仙阙门位于庚朗山悬腰之处，云绕其间，神秘非凡。能够拜师仙阙门，是齐云国习武之人无上的荣耀。

20年前，煞狱宫宫主蛟魔君为争夺焰灵珠，率领72妖洞魔兽，大举进攻仙阙门，不幸惨败。蛟魔君和仙阙门掌门火凤凰，本兽元相当，但是火凤凰有焰灵珠为依仗。它们大战3天3夜后，火凤凰催动焰灵珠的珠元，释放出巨大的杀伤力，使蛟魔君身受重伤。为养伤，它不得不闭关修炼。

蛟魔君的儿子黑蛟怪，是魔界难得的习武奇才。年少之时，它就修炼到了"地煞魔功"第18层境界，超越了蛟魔君的兽元。为报父仇，也为得到焰灵珠，它单枪匹马闯入庚朗山，将仙阙门杀得腥风血雨、昏天暗日。年迈的火凤凰，为挽救仙阙门的危难，强提仙气，耗尽毕生兽元，借助焰灵珠，催动"六昧玄火"，将黑蛟怪烧成了重伤。自此后，黑蛟怪不得不躲进怒龙山的羞暗池，借助九阴之水，来维系生命。

黑蛟怪得知父亲蛟魔君出关之后，吼出一腔心愿："希望父王，帅出当年雄风，大败仙阙门，杀死杀光它们，夺取焰灵珠。"

蛟魔君头上肉瘤突起，犹如龙角，赤身长体，披风来至羞暗池。当它看到遍体伤痕的黑蛟怪时，竟流下几行浊泪。一直在羞暗池侍候黑蛟怪的鳄鱼强，也感动得流下了泪水。黑蛟怪非但没有感动，反而怒斥蛟魔君道："父王，收起你的眼泪，别让你的慈悲柔化你的残暴。眼泪流得再多，也不能证明你有多强。我要让你屠戮仙阙门，得到焰灵珠，实现我们蛟的梦想！"

刹时间，狂风大起，蛟魔君头也不回地飞走了。

黑蛟怪大骂道："没有头脑的老家伙，我的话还没有说完。从来是望子成龙，现在我是望父成龙。这是什么世道！"

"少宫主，你不能辱骂自己的父亲，会遭雷劈的。"鳄鱼强擦掉眼泪道。

黑蛟怪用蛟尾将它打翻在地，训嚷道："我们蛟遭受的雷劈，还少吗？得不到焰灵珠，劈死就算了。"

鳄鱼强被摔掉了两颗牙齿，鲜血流了一滩，擦拭了一下道："球是用来踢的，不是用来劈的。"黑蛟怪一听马上暴躁地将鳄鱼强踢飞了，"现在滚你的球！告诉老家伙，对付仙阙门，要用脑子。脑子不是用来装水的，要装满阴谋诡计。只有阴谋诡计，才能成就煞狱宫未来的美丽！"

鳄鱼强在半空中回应道："少宫主，你的真知灼见，我会带到的！"

黑蛟怪叹气道："智商这么低，竟然还在煞狱宫混了这么久。"

失去了鳄鱼强的陪伴，黑蛟怪痛哭了起来。

孤独与寂寞，比起它身上的伤，更让它伤痛。

怒龙山，煞狱宫，凶魔洞。

蛟魔君来回走动，思虑着儿子黑蛟怪的话。

鳄鱼强在一旁诚惶诚恐，生怕蛟魔君蛟颜大怒，一口吞了它。

蛟魔君瞥了它一眼道："鳄鱼强，你有什么高见？"

鳄鱼强支吾了半天，想起黑蛟怪在羞暗池说过的话，便眉飞色舞道："没有蛋，可以借鸡下。智商不高，可以请个高人。"

蛟魔君发觉鳄鱼强有嘲讽它之意，恨不得扒了它的鳄鱼皮做成皮鞋，但想到它说的有些道理，便强忍怒火道："臭小子，侍候我儿多年，智商见长。我封你为大将军。我还要广发英雄帖，聘请天下英才，为我所用。"

鳄鱼强喜极而泣，连拜大恩。

于是，煞狱宫的信使黑鸦，被派到魔界各地广撒英雄帖。

第 2 章　捕豹捉熊

不多日,煞狱宫收到了数万封求职信。

蛟魔君见到这么多信,心情丝毫没有灿烂起来。一看到小山似的求职信,它就想到小时候做作业的情景。鳄鱼强建议把这些求职信交给黑蛟怪处理。黑蛟怪在羞暗池整日忧心忡忡,看到这些求职信,竟然没有恼羞成怒。这些求职信对于它来说,简直就是打发寂寞的良药。经过 3 天的选拣,黑蛟怪熬成了熊猫眼。它从海量信件中,找到了一个妥帖的军师人物——龟灵。

龟灵此前一直在万寿山潜心修学,通晓阴阳,谙熟八卦。可惜的是,它空有一身神通,却没有施展才华的机会。最近,它得了风寒,在水边睡了三十多天,被黑鸦误认为石头,在上面造了一坨鸦粪,结果把它臭醒了。更令人不可思议的是,它的风寒竟然好了。

龟灵从黑鸦口中得知煞狱宫在延请人才,就写了一封求职信。没想到,它被成功录取。这下,它真的走鸦屎运了。

就在蛟魔君为龟灵摆宴时,鳄鱼强又引荐了一位仙风道骨的人物。

龟灵一见,原来是昔日好友——鹤翁,没想到喜欢归隐山水的它，竟主动前来煞狱宫效力。但是，蛟魔君看到仙姿绰约的鹤翁，联想到了仙阙门的人，立即下令逮捕鹤翁，想把它做成鹤肝酱，给龟灵享用。龟灵大赞鹤翁能耐非凡，请求蛟魔君宽恕它。

鹤翁也狡辩道："大王，你在我心中是真龙天子。我渴望在你的龙威之下，拼尽老本，帮你铲除仙阙门，称霸兽界，建立不世之功。可是，你却因我的杀马特造型，要杀死我，太让人寒心了。你这样做，会阻塞投靠煞狱宫的大门。"

蛟魔君听到这番拍蛟屁，蛟心大悦道："知我者，先生也。希望先生助我达成心愿，我成龙之时，就是先生荣耀之日。"

鹤翁也不回答，拍了一下左翅，变出了一条蛟魔君模样的金龙，金光闪闪，十分威风。它又拍了下右翅，出现了一颗明光耀眼的珍珠，珠光辉映整个魔兽堂。

蛟魔君见鹤翁清楚自己的心思，暗称遇到了高人，请它坐了上座。

龟灵见鹤翁一出道就受宠，也不甘示弱道："我听鳄鱼强说，少宫主受了重伤。想治好伤，我有良方。"

蛟魔君巴不得黑蛟怪伤愈，好助它一臂之力，连忙请它说出妙方。

龟灵说，要想治好黑蛟怪，必须猎取 100 个熊心，100 颗豹胆，用焰灵珠炼制九九八十一天，炼成"复康奇效丹"。蛟魔君马上命令大将军鳄鱼强，率领三千魔界兽兵尽快完成任务。鹤翁陈言要想炼成此丹，必须有焰灵珠辅助。蛟魔怪认为，猎捕熊心豹胆，简单。获取焰灵珠，难办。成大事者，当从简单的事做起。龟灵点头称是，连说了几句拍蛟屁。

蛟魔怪大笑道："有文化的人，说话水平就是不一般。听你们说恭维话，我感觉就像保养身体一样。受用！"

于是，野心膨胀的蛟魔君封龟灵为左护法，鹤翁为右护法。

鳄鱼强急于立功，不到半天工夫，便气焰嚣张地来到豹幽谷。

在大肆进攻前，它想到了黑蛟怪说过的话，对敌人最大的残忍，就是在它麻痹大意的时候，给它一个意外的伤害。于是，它让兽兵们吃饱喝足后，待子夜时分再悄然动手。

骁勇善战的豹族在睡梦中被下了迷香，失去了战斗力。鳄鱼强指挥兽兵用挠钩、兽夹、绳套、捕钳等，将大小豹子们一网打尽了。鳄鱼强非常开心，本来需要大动干戈的冒险行动，结果用了点阴谋诡计，就轻松完成了任务。动点脑子，就能降低风险成本，这简直太划算了。它还打探到，豹幽谷的老谷主早已去世，现在是少谷主当家。鳄鱼强对一个年轻小辈根本不放在心上。

在它得意时，豹幽谷的少谷主豹羽，发动突然袭击，将它扑倒了。

原来豹羽半夜肚胀，起来上厕所，结果发现了鳄鱼强的阴谋。它恼恨鳄鱼强捕捉豹族，想一口咬断它的脖子，但是它的肚子在关键时刻放了几个臭屁，粪便也喷泄出来。兽兵们唯恐躲避不及，哪会上前援助鳄鱼强。更何况，鳄鱼强以前和它们都是一介兽兵，一下子爬到了它们头上，巴不得它倒霉。不过鳄鱼强，还真有几分本事，竟然反败为胜，一记鳄鱼尾打翻了豹羽。这是从黑蛟怪那学来的。鳄鱼强现在是黑蛟怪的铁杆粉丝。

豹羽被打后，清醒过来。它明白若要再逞强，恐怕会陷入险境。于是，它纵身跳下山涧，逃命去了。

志得意满的鳄鱼强，很快又来到了熊林山。

这次，鳄鱼强投其所好，让兽兵们挨家挨户为黑熊们悄悄送去大罐的蜂蜜。

闻到香甜的蜂蜜，黑熊们果然hold不住了。它们倾巢而出，抱着蜜罐就大快朵颐起来，甚至为争夺蜂蜜疯抢厮打。它们都没意识到，天上没有掉蜂蜜的美事；如果有，那一定是祸事。

果不其然，吃了蜂蜜的黑熊们，个个抱着肚子四下翻滚起来。

鳄鱼强大笑道："如果不是豹幽谷的那个臭小子，喷了我一身大便，我怎么可能想到这个妙主意。魔界有句话说得好，吃点亏，不要在意。说不定，它会成就你的奇迹。"

中计的黑熊们，很快成为鳄鱼强的囊中之物。鳄鱼强清点数目后，发现熊林山的收获有些不尽如人意，少了五十多只黑熊。这时，哨兵报告说一只大黑熊在潜逃。大黑熊名叫熊力，是熊林山的一枚屌丝。它本来在后山砍柴，闻到蜂蜜后，放下柴就拼命赶来，结果发现熊族遭受大难。它本想奋不顾身地解救熊族，但是，它只有熊心，没有豹胆，计算了下鲁莽行事的后果后，它断然放弃了。

鳄鱼强马上命令兽兵全力追捕熊力，可是，熊力十分勇猛地滚下了山崖。

"一只死熊，是没有价值的。"鳄鱼强叹了口气。

第 3 章　仙魔大战

庚朗山，仙阙门。

月华初上，一片皎洁。玄尊殿内，金碧辉煌，庄严肃穆。

掌门猴靖慈眉善目，正在蒲团上打坐。突然，仙阙门信使鸦八飞至，带来一个坏消息：蛟魔君伤好出关，并得到龟灵和鹤翁两大护法，实力大增。

猴靖猛然心惊，当年它的师父火凤凰，如若不是凭借焰灵珠，实难打败蛟魔君。它现在的兽元，顶多达到火凤凰生前的八成，很难驾驭焰灵珠。如果蛟魔君此时大举进攻，恐怕仙阙门会有灭门之灾。20年前的那场大战，仙阙门有很多高手殒身了，如今……鸦八又告诉它，豹幽谷和熊林山，被煞狱宫洗劫了。

猴靖即刻命令两大弟子虎贝和鹿荨，抓紧时间训练太极玄月阵，以此拒抗煞狱宫的进攻。并派遣鸦八到紫鑫城把狮玫公主请来，帮助师兄们一起练阵。太极玄月阵是仙阙门创派祖师所创的阵法，集81名弟子之力，齐进合一，分击攻破，威力无穷。狮玫公主是齐云国国王老狮王的掌上明珠，也是猴靖唯一的女弟子。它得知师门有大难，马上连夜赶赴仙阙门，并带来1000训练精良的御林军。夜静沉思，猴靖心想，若是寻到天书就好了。火凤凰未教它天书中的秘籍，就已仙逝了，这一直是件憾事。它多年苦寻天书，始终无缘得见。忽然，它眼前一亮，想起火凤凰临终前的遗言，下月十五，九星连珠，日月同壁，精华外泄。这是五百年难遇的天赐良机。如果得到日月精华，它就能拥有300年兽元，武力值将会暴涨。

于是，猴靖祈祷煞狱宫在日月重光之日，切莫进攻仙阙门。

3天后，猴靖明白了一个道理：有一种痛苦叫事与愿违。

蛟魔君令鹤翁留守煞狱宫，亲率魔界兽兵，趁月黑风高之夜，侵犯仙阙门。

有了两位护法辅佐，蛟魔君行事不再莽撞。龟灵告诉它，打击敌人，要计算伤亡成本，不要以硬碰硬，而要讲究避实击虚。它让兽兵在空中挥撒"尸位素餐散"，利用风向对仙阙门的外围弟子施毒，使它们失去抵抗力。72道防御线，顷刻间土崩瓦解。等到虎贝、鹿茸和狮玫公主发现后，为时已晚。它们一起训练的太极玄月阵，仓促间不能集起81名弟子，只能有限地发挥威力。不过，它们利用地利之便，兼之太极玄月阵变化万端，神鬼难测，可以从不同方位发射剑波，因而打退了煞狱宫的数次进攻。蛟魔君见识过太极玄月阵的厉害，如果等到81名弟子聚齐，后果不堪设想。它马上调整战术，命令36健将，驱动魔力，用梼杌箭远距离进攻，果然收到奇效。仙阙门众弟子多有损伤，狮玫公主也中了一箭，血流不止，所带御林军伤亡殆尽。

虎贝焦躁地命令众弟子集聚玄尊殿，对煞狱宫实施终极抵抗。

等到它们赶到时，蛟魔君正在和猴靖激战。蛟魔君的魔功，极为霸道，而且招式阴狠，处处攻击要害。幸亏猴靖为人机敏，动作伶俐，摆脱了它的杀招。猴靖手持龙翊剑，剑波纵横，凌厉刁辣，趁隙挑斗，很是潇洒。虎贝等弟子，都看呆了。蛟魔君心想，不放大招，猴靖是不会祭出焰灵珠的。它马上使出煞狱宫的至高魔功——魔咖功。此功威力极大，曾逼迫火凤凰处于下风。果不其然，魔咖功一出，猴靖的邀仙剑法马上处于劣势。蛟魔君的掌风一浪盖过一浪，形成 21 道强大的攻击波，打向了猴靖。致使猴靖吐血，接近眩晕。

而龟灵趁仙阙门后方空虚之际，正四处寻找天书。待它走到后院时，一把寒光耀眼的菜刀击中了它的后背，发出巨响。龟灵恼怒道："明人不做暗事，快给龟爷滚出来！"回应它的是一只直径三丈的大铁锅，突如其来，风势虚无，瞬间将它罩在下面。而后一只调皮的老兔子出现在铁锅上，竟跳起了霹雳舞，将铁锅踩得震天响。这只兔子是仙阙门的主厨兔巴。它用仙阙门失传百年的玄阳功跳霹雳舞，自然是威力非凡。等到把龟灵震得七荤八素的时候，兔巴拍了拍手掌，大声地说了声"搞定"。

此刻的猴靖已强行祭出焰灵珠，利用珠元抵抗蛟魔君。焰灵珠有拳头大小，珠圆滑润，晶莹透亮，熠熠生辉。驱动焰灵珠，必须有强大的兽元为倚盾。猴靖清楚地明白，此战事关仙阙门的生死存亡，它只能明知不可为而为之了。蛟魔君已探知猴靖的兽元在火凤凰之下，不由大喜过望，加升到魔咖功的最高境界，意使猴靖失控，焰灵珠脱手。

猴靖极为绝望，心想，无论如何也不能让焰灵珠脱手，于是，它咬破手指，施出三成兽元，念动了破珠咒。结果，焰灵珠竟一珠化二，一颗殷红似血，一颗蓝彩多光，如生翅膀般，疾飞而终，不知去向。

正在蛟魔君为之抓狂时，不知从何处出现了9根擀面杖，狠狠打中了它的9处要害。蛟魔君知道有高手相助，它身受重伤，不敢恋战，又想寻找焰灵珠下落，便命令退兵了。

仙阙门众弟子都松了口气，只有掌门猴靖黯然神伤。

兔巴暗中感叹，真是一个笨蛋！

第4章　熊迪求爱

九胜神州，齐云国，偏西南方向，有一座子云山。此山云蒸霞蔚，清秀多姿，四季生绿，遍布竹林。山下有一个宁静安详、炊烟袅袅的熊猫村，生活着一群热爱和平的熊猫。

相传300年前，熊猫村来了一只肤色诡异的熊猫，它全身通黑，力大无穷，特别贪吃，因为喜欢行侠仗义，又多次打败侵犯熊猫村的强敌，被熊猫们称为"熊侠"，每日用美食供养。但是，它嗜睡如命，白天时眼睛混浊不清，视觉不明，久而久之，村民们又暗叫它"熊瞎子"。虽然如此，它依然是熊猫村众人的偶像。后来，它在一个暴风雨之夜，离开了熊猫村，不知所踪。村民们不相信熊侠会离开它们，认为它一定是因为眼神不好，出了意外，于是给它立了衣冠冢。

最崇拜熊侠的，当属熊猫村的孤儿——熊迪。

熊迪从小吃众家饭穿百衲衣长大，少不了要为村民们做免费苦力。只是熊迪过于懒散，一遇到重活，浑身的力气就丢到了九霄云外。但是，遇到好吃的，它的熊猫眼，马上能拔出糖丝来。好吃懒做的它，平日里，没少受到虐待。因此，它希望成为新一代的熊侠，每天都有人给它送好吃的。但这只是梦。

每当淘气的熊孩子们欺负它时,它会亮出救命绝招——爬树,爬到别人够不到它的地方,然后嘲笑它们。只有站在高处,它才感觉到安全。其实,过惯了苦日子的熊迪,已经对各种虐有了百毒不侵的免疫力。尽管它生活得有些委屈,却依然以感恩的心对待村民们。如果没有这些村民一饭一衣的救济,它可能早就和死去的父母团聚了。

不过,熊迪在各家混吃海喝,熟稔了各家的做饭方法,融合众家所长,竟然掌握了一门精到的做饭手艺。它最擅长的就是做川菜。寻常的大白菜,到它手里也能变成美味。

这天中午,熊迪专门做了一道"爱心竹笋",酸辣可口,玲珑剔透,香味扑鼻。它准备将这道美味,献给心爱的熊魅妹妹。熊猫村唯一对它特别好的,要属青春美少女熊魅了。

奇香无比的笋味,很快把熊魅招来了。

熊迪见到熊魅后,手脚反而拘谨起来,羞涩的心在剧烈地跳动着。它心想,我该怎么向它表白呢?我是一个穷屌丝,而它是一个白富美。

"好香啊,熊迪,你的手艺越来越赞了。这美味,正是我喜欢的。这个爱心造型,也是我喜欢的。"熊魅一如往常,马上要品尝,却被熊迪拦住了。

"熊魅,我有话想对你说。"熊迪忐忑不安道。

熊魅调皮道:"吃饭这么简单的事,还要说什么话?吃后再说。"

"熊魅,今天是我的生日。"熊迪从来不知道自己是哪天出生的,但是只要它愿意,哪天都是它的生日。

"哇噻,今天是你的生日?我要给你什么礼物呢?这样吧,我送给你一个吻吧。"熊魅大大方方地吻了熊迪一下。

熊迪的幸福,瞬间被无限放大了。还没表白,就得到了吻。如果表白后?一想到这,熊迪乐开了花。"熊魅,我……我喜欢你!"熊魅的吻给了它足够的勇气。

"我知道呀,你经常给我做好吃的呢。"熊魅迫不及待地品尝起"爱心竹笋"。

"可是,你喜不喜欢我?"熊迪非常认真地问道。

熊魅不敢相信地看着它道:"我喜欢呀,你做的菜,特好吃,我超级喜欢。"说完,它又夹起了一块心形竹笋。

"你……你是喜欢我做的菜,还是……喜欢我?"熊迪上前抓住了它的手。

熊魅"咯咯"地笑了起来:"当然是喜欢你做的菜啦。"

"你喜欢就好。"熊迪苦笑道。

熊魅心中笑骂道,真是一头笨熊,不知道爱屋及乌吗?

不明白熊魅真实心意的熊迪,比以前更爱睡觉了。也许在它睡觉的时候，才能忘记伤痛。得不到心上人的心，就算面对美味，也是没有味道的。

这天，它在竹林中醒来后，发现熊猫村已是一片狼藉，没有其他熊猫的影子。它大喊"熊魅"，却无人回应。原来它在后山竹林睡觉的时候，煞狱宫的鳄鱼强误把熊猫当作了黑熊，因此洗劫了熊猫村，凑够了百只熊的数量。村里的一位老迈病危的熊猫大婶，告诉了熊迪真相，临终前安慰熊迪道："失恋这件小事，不值得感伤。当心灵有了阴影，命运就会扭转方向。上天给了我们黑白分明的色彩，注定要让我们熊猫为兽界增添光彩。熊迪，熊猫村要靠你拯救了。"

熊迪暗想，我这么贪吃能睡的二货，能打败煞狱宫吗？

它突然想到了"熊侠"的墓志铭：当你认为自己是个强者的时候，你心中的那个弱者便会矮下去。

怒龙山，煞狱宫，凶魔洞。

蛟魔君吞服了鹤翁的疗伤灵药，伤势好了大半。

此次大战，蛟魔君重创仙阙门，还打伤了猴靖，终于一雪前耻。虽未得到焰灵珠，却使仙阙门失去了镇山之宝。它心情欢畅，派黑鸦将好消息告诉了黑蛟怪，并举行了庆功大宴，赐金赏银，酒香弥漫。完成捕豹捉熊任务的鳄鱼强，也得到了赏赐。

鹤翁叹息龟灵下落不明。蛟魔君却暗想，老子在前方血战，它却躲到后方玩失踪，便不以为意道："龟灵老奸巨猾，肯定会安然无恙。就算它死了，我还有你这个右护法。"

突然，龟灵意外出现了，咳嗽了一声道："庆贺大王将仙阙门杀得一败涂地。"

蛟魔君立即大笑道："你活着回来，本王很开心。快来痛饮三大杯。"

龟灵婉拒道："此番寻觅天书，却失意而归，没有功劳，不敢贪饮。"

"天书？"蛟魔君止住欢饮，到此才明白龟灵的苦心。它想到了《魔界宝典》中的话，不要随意猜疑自己的部下，也许它暗中在为上司奔波劳累。鹤翁告诉蛟魔君要想驾驭焰灵珠，必须得到天书。猴靖失手将焰灵珠一珠化二，应该没有学到天书上的武功。龟灵也强调了天书的重要性，否则就算得到焰灵珠，也是无用。

于是，蛟魔君分派两路人马，一队查寻焰灵珠的下落，一队暗察天书的踪迹。

第5章 巧获兽元

经过一个多月的长途跋涉,熊迪来到了庚朗山脚下。

再往上走,就是仙阙门了。兽界有云,习武不到仙阙门,便如毛孩未成人。

它美美地饱喝了一顿泉水,情不自禁地感慨道:"好蓝的天啊,好美的山啊,好甜的水啊,如果这里长满了竹子,那该有多好啊……"

负责去煞狱宫打探消息的鸦八,看到身材肥胖的熊迪,骂它熊孩子,并让它不要弄脏了泉水。熊迪很讨厌"熊孩子"这个称谓,因为在熊猫村的那群熊孩子经常欺负它。它叫嚷道:"我不是熊孩子,我是熊猫!你的视力有问题吗?"

"哦,你是猫孩子?"鸦八见它肤色黑白相间,相貌憨萌可爱,酷似猫。

熊迪傲娇道:"我也不是猫孩子。我叫熊迪。我不想和你做朋友,快走开!"

鸦八对它有了兴趣,便问,和它做朋友,有什么好处?

熊迪感觉鸦八不是坏人,表示它会为朋友做很多好吃的饭菜。

"哟吼,七膳房做饭的老兔子,肯定会非常喜欢你的。在我们仙阙门除了火凤凰，我最佩服的就是它了。"言下之意，鸦八不太喜欢现在的掌门猴靖。

熊迪惊讶道："仙阙门？"

"对哈，我就是仙阙门帅倒万千美女的信使——鸦八。"鸦八十分得意道。

"哑巴？可是你明明会说话。"熊迪好笑道。

鸦八火冒三丈道："我叫鸦八，七八的八，不是哑巴的巴。我是乌鸦中的奇葩，我是极品白乌鸦。再叫我哑巴，我马上让你丧失说话的权利。"

"啊，对不起，不要生气，生气对身体不好。鸦八，我想到仙阙门拜师学艺，可以吗？"熊迪十分虔诚道。

鸦八摆起架子道："想到我们仙阙门拜师的，那海了去了。"

悲伤的熊迪将熊猫村被洗劫的事，讲述给它听。鸦八暗讽道，煞狱宫的鳄鱼强竟把熊猫当作了熊，真是傻得可爱。嗯哼，煞狱宫？又傻又愚，注定难以成功。

鸦八既同情它的身世，又喜欢它的憨萌质朴，便告诉它，仙阙门和煞狱宫刚刚大战了一场，守卫比以往更加森严。熊迪此去，恐怕难以通行。于是，它把一枚通关令牌交给了熊迪，让它自行去拜师。

熊迪接过了通关令牌，十分感激地告别了鸦八。

兴高采烈的熊迪，因为有通关令牌在身，仙阙门在沿途设下的哨卡，皆一一放行。熊迪内心里充满了对鸦八的感激，虽然它们只是萍水相逢，却义气深重。

但是，它很快就懊悔了。腹中饥饿的它，发现偌大的庚朗山竟然没有竹子。如果没有竹子，在这里学艺，岂不是很没有意思。想到这，熊迪转身就要下山。这时，饿得两眼昏花的熊迪，发现了一只鲜如翡翠的竹笋。它连忙奔跑过去，不料竹笋竟然会跳动。熊迪不想错失美味，继续拼命追赶。竹笋边跳边停，熊迪十分努力地追，却总是近在咫尺，又遥不可及。如此追赶了半个多小时，熊迪累得气喘吁吁。调皮的竹笋，竟然不动了。

熊迪这才发现，这哪里是竹笋，分明是一只淘气的青蛙。它十分暴怒地冲了过去，结果一脚踩空，向悬崖深处跌去。在坠落的过程中，它肥胖的身体不断地和突兀的岩石亲密相撞，幸亏皮糙肉厚，否则即便不摔得粉身碎骨，至少也得遍体鳞伤。但是，呆萌的家伙，往往有好运气，熊迪竟然鬼使神差地打通了任督二脉。这是无数习武之人梦寐以求的事情，但是奇迹却发生在了一只憨萌的熊猫身上。从那么高的地方摔下来，竟没有摔死，熊迪呆叫道："哇哦！"但是它疼痛难忍，昏睡了过去。

此时，正值当月十五子夜时分，茫茫夜空中出现了九星连珠、日月同璧的吉相。一时间，天空亮白生辉，灿如白昼，日月精华，倾泄如柱。浑然大睡的熊迪，丝毫没有发觉，500年难遇的美事，发生在了它的身上。虽然只有短短几分钟的精华倾注，却使它拥有了习武之人一辈子也难以达到的兽元境界。300年兽元，轻而易举地被它得到了。

这一幕，被恰好赶到的猴靖看到了。它算准了时间，却没有算定方位。等到它回过神时，却与机遇失之交臂了。猴靖捶胸顿足道："我真是一只笨猴子！"它真想把熊迪狠揍一顿，但看到它受伤的样子，又于心不忍。它日间知晓，山下有一只熊猫持有通关令牌，想拜师学艺。万万没有料到的是，这只熊猫还未拜师，就有了这么大的造化。

猴靖见它伤重，便取出一颗丹药，给熊迪服下，转身就气愤愤地离开了。

第 6 章　误为奸细

等到熊迪醒来时，太阳正对它抛媚眼。

熊迪睡眼惺忪，感觉十分口渴。它站起身来，却轻松跃起一丈有余。它心想，仙阙门果然是武林圣地，我还没有学艺，就能蹦这么高了。于是，它高兴地再次跳跃起来，结果跳到了悬崖之巅，差点因站立不稳再次摔下去。

"哇哦，我该不会是做梦吧。"熊迪不敢相信自己的眼睛。它往悬崖深处瞧了一眼，但见下面，云亘雾绕，不知深浅，吼声怪叫，惊悸悚魂。它天生恐高，便又晕了过去。等到它再次醒来时，发现下起了蒙蒙细雨。它伸出舌头，品尝了一下雨水，滋润干渴的喉咙。雨停后，它环视四周，发现此刻的庚朗山，清新扑鼻，绿意丛生，远处云雾缭绕，霄阁隐现。它心想，没有竹子，可以栽培。我怎么能因为这里没有竹子，就停止了追求梦想的奋斗。啊，熊魅，等我。打定主意的熊迪，寻找到原来的道路，直奔仙阙门而去。

一路下来，它感觉轻快极了。

仙阙门，玄尊殿。

猴靖正在召集众弟子议事，商讨下一步抵御煞狱宫的事情。

性情焦躁的虎贝义愤填膺，他认为，此次失利，主要是煞狱宫太卑鄙，竟然偷袭。如果正面较量，煞狱宫绝对胜不了太极玄月阵。而鹿荨认为，卑鄙是卑鄙者的通行证，魔界用卑鄙的手段，用得合情合理。倒是仙阙门还是固守过去的防御思维，结果被打了个措手不及。它主张改良太极玄月阵，甚至编排新的阵法，或三人一阵，或五人一阵，或七人一阵。

猴靖聆听了弟子们的意见后，认为仙阙门要想发展壮大，必须与时俱进，不能固守常规。它责令虎贝和鹿荨编排新的阵法，并升级太极玄月阵，此外还要抓紧时间寻找焰珠和灵珠的下落。否则让煞狱宫抢先得手，不仅仙阙门要遭受浩劫，整个齐云国也会变得生灵涂炭。

虎贝和鹿荨都表示同意。

这时，有弟子来报，说有只熊猫想拜师学艺。

鹿荨认为仙阙门刚刚受挫，实力有损，此时有人拜师正可以提升仙阙门的实力。虎贝却提出异议，一个初学者，对仙阙门实力的提升无关紧要。而且仙阙门刚受重挫，就有人拜师学艺，这事有点蹊跷。猜疑别人不对，但是不猜疑会给自己带来伤害。猴靖一想到这只熊猫夺走了300年兽元，就心生恨意。如果它有了这300年兽元，何惧煞狱宫。昨晚还给它喂服了一枚疗伤丹药，真是悔不当初。

不多会，熊迪萌萌傻傻地来到了气派庄严的玄尊殿，差点没被门槛绊倒。

虎贝认为它是做贼心虚,并认为它相貌不黑不白,来历肯定不清不楚。

鹿荨劝告它不要以貌取人。虎贝喝问熊迪道:"臭小子,为何来我仙阙门?"

熊迪看到虎贝在怒视它,胆战心惊道:"臭小子?我在水缸里洗过澡了。不臭的。我……饿了,能不能吃饱了再说话?"它除了品尝雨水之外,再没吃过任何东西,又赶了很多路,也确实饿了。

"什么?水缸?哪里的水缸?"虎贝上前揪住了熊迪。

玄尊殿内的所有弟子,都睁大了惊恐的眼睛。仙阙门各大殿外,为防火,都备下了水缸,但各大殿均有弟子把守,这只熊猫不可能明目张胆地洗澡。除非它用了七膳房的水缸,那可是做饭用的水。鹿荨寻思道,七膳房虽然不是重地,但也不是普通人随便进入的地方。看来这只熊猫,值得怀疑。猴靖心想,对于一只拥有300年兽元的熊猫来说,它无论去哪里都是轻而易举的。

熊迪如实禀告,它因为摔下悬崖,身体有些肮脏,怕遭嫌弃,便偷偷地潜入仙阙门,躲过了看守,用了七膳房的水,清洗了一下身体。

"果然如此，我要让你变成飞猫！"虎贝抓起熊迪，要将它扔出殿外。

熊迪狡辩道："我是熊猫，不是飞猫，快放我下来。"它挣扎之余，竟然把虎贝当作树爬了起来。爬树是熊迪最擅长的逃生技能，不到两下，就爬到了虎贝的头顶。它的熊猫屁股坐在了虎贝的头上，连放了好几个响屁，结果把虎贝熏得晕头转向。熊迪万万没有想到，屁，竟然也可以成为武器。

鹿荨将一杯清水，浇在了虎贝脸上，使它苏醒过来。

作为仙阙门的大弟子，竟然当众出丑，虎贝自觉没面子，暴喝道："可恶的臭熊猫！"说完，它施出了七成玄功，狠狠地拍向熊迪，想挽回脸面。

猴靖没有制止，它很想看看拥有300年兽元的熊迪，实力到底如何。

面对来势汹汹的虎贝，熊迪没有躲避，而是极度害怕地蒙上了眼睛，但是，它身体的自然反应激发了兽元，竟然将虎贝的掌力化为虚无，还将它弹飞了。虎贝重重地摔在了柱子上，看来伤势不轻。

鹿荨感叹道："好深厚的兽元！"

众弟子也非常吃惊，虎贝一向是它们的楷模，竟然摔得如此狼狈，可真是糗大了。它们怀疑起熊迪的真实身份，这个装傻充愣的家伙，不是个好东西。

猴靖暗叹300年兽元果真了得，它心中恼恨道，这本该是我的，我的。于是，猴靖突施妙手空空，点中了熊迪全身九大穴位，使它动弹不得，又命人给它拷上了冥冰铁打造的铁镣，罚它在七膳房务工。

熊迪连说自己不想拜师习武了，但是，仙阙门的弟子已经把它当作了奸细，哪容得它半分狡辩，因担心它使出令人恐怖的兽元，便把它打昏了，七手八脚地把它抬到了七膳房。

第7章 怒扁虎贝

在七膳房昏迷了半天的熊迪，终于醒来了，时下已是夜晚。

此刻的它，腹中饥饿，腿脚又极为不便，垂泪道："仙阙门太欺负人了。"

片刻之后，它擦干眼泪，开始鼓捣好吃的。它摸黑打着了火石，点燃了明灯，开始觅食。可惜这么大的厨房，竟然没有现成的好吃的。于是，熊迪找齐川菜必备的辣椒、陈皮、花椒、芥末、葱姜、蒜泥等调料，又找到了两棵白菜，便开始操刀，几下功夫，就做好了，真是色味诱人，辣香扑鼻。熊迪就着馒头，准备大吃起来。哪知风吹灯灭，等到熊迪重新点火后，却发现做好的辣白菜，竟然消失了。难道是见鬼了？熊迪紧张地扫视四周，大气不敢出一声。

房外的兔巴，品尝了一口辣白菜赞道："好菜！"

熊迪在恐惧中折腾了一宿后，吃了半个馒头，便缩在墙角，昏昏大睡去了。

次日醒来，熊迪发现虎贝正怒视它。

"昨晚调戏我的，是不是你？"熊迪发现了虎贝手中的盘子。

"没有干活，竟然敢偷吃。"虎贝说完摔碎了盘子，"马上去挑满水缸的水！"

这下熊迪真的认为是虎贝耍弄的它，但是它又能怎样。虎贝狠狠地抽了它几鞭子道："因为你，我一夜没睡好觉，差点变成了熊猫眼。"

"因为你，我没有吃饱饭。你这只可恶的虎崽，太令人讨厌了。"熊迪拿着水桶就往外走，却忘记了脚上还有铁镣，一下子摔倒了，惹得虎贝哈哈大笑。

仙阙门的弟子看到熊迪挑水，也时不时地想尽歪招捉弄它，这让熊迪很是生气。它暗想，说好的名门正派，怎么一点也不正派。如此被折磨三天后，熊迪的身体吃不消了，躲在一旁大哭起来。

这时，有个纸蛋滚了过来，它捡起一看，上面写着——做好吃的，讨好它们。"唉，好办法，我怎么把自己的特长给忘了。"熊迪终于破涕为笑了。

次日，熊迪一大早起床，锅碗瓢盆地大干起来，兔巴在窗外暗暗观察。但是，熊迪的身躯实在太肥大了，遮挡了它的视线。兔巴暗骂道，真笨，我怎么没想到躲到房梁上呢。不对，我好歹也是猴靖的师叔，怎么能干这么龌龊的事。言罢，它便飞身离去。

到了早饭时间，仙阙门的弟子来到了七膳房，发现桌子上摆满了从未见过的菜肴，真是玉盘珍馐，浓香四溢，辣气爽人。

所谓七膳房,就是主厨兔巴会做七大菜系,一周七天,每天做不同的菜系供给仙阙门的弟子吃。虽然七大菜系的菜非常好吃,但是吃惯了,也就不觉得新鲜了。如今,它们品尝到独具一格的川菜,顿时感觉唇齿生香,百吃不厌。虽然有些辣,但是吃得十分过瘾。它们误以为这是兔巴所做,对它的新厨艺称赞不已。熊迪偷偷地看到它们吃得这般开心,心想,以后的日子会好过点了。兔巴暗想,仙阙门依山傍水,整年云雾缭绕,湿气颇重,熊迪做的菜,正好可以为众弟子排遣湿毒。我一定要学会这第八菜系。

正当虎贝要品尝时,熊迪闯了进来大声道:"不许你吃我做的菜!"

所有吃饭的弟子,一齐看向了熊迪。它们万万没有想到,这些可口的菜肴,竟然是大奸细熊迪做的。虎贝被它当众羞辱后,心中一直愤懑,大声叫喊道:"菜中有毒!"众弟子一听,立刻呕吐起来。

"没有!"熊迪委屈道,"你真可恶!"一想到自己的苦心被虎贝一句话就毁坏了,它生气地冲向了虎贝。愤怒之下,它体内兽元激发,在它奔跑时,铁镣竟然被挣断了。不过熊迪浑然不觉,它一头撞向了虎贝。这下虎贝变成了一只飞虎,急速地冲天而去。虎贝在半空中,恼羞成怒,使出了劈风掌,自上而下，向熊迪袭击而来。

熊迪抬头向它吼道："我恨死你了！"兽元驱使之下，它声如洪钟，响彻云霄，震碎屋瓦。虎贝的劈风掌，在熊迪的吼功面前，简直就是幼稚的小朋友遇到了厉害的幼儿园阿姨。虎贝被震得天旋地转，御云功也难以施展，重重地摔在了地上。

这下，仙阙门的弟子对熊迪是奸细的怀疑，更加坚定了，它们操剑挺刺，一起向熊迪袭去。哪知此时刮起了一股掺杂着辣椒粉的怪风，将它们熏得泪流满面。等到它们回过神时，却发现熊迪不见了。

庚朗山下，熊迪转了81个圈子，才一屁股坐在地上。

"可晕死我了，这是怎么回事啊？"熊迪奇怪地看着四周，"咦，我怎么来到了山下？不过也好，总比受欺负好。"熊迪起身跺了几脚，头也不回地离开了庚朗山。但是，无处可去的熊迪，只能毫无目的地四处游走。

突然，它听到有两只鸭子在议论，老狮王在国都紫鑫城摆下了比武擂台，谁的武功天下第一，就可以成为狮玫公主的保镖。狮玫公主是老狮王唯一的女儿，而且年轻貌美。成为它的保镖，就有机会成为齐云国的驸马。

天下第一？谁赢得天下第一，我就拜谁为师。熊迪打定主意，问清道路后，便直奔紫鑫城。

第 8 章 天下第一

紫鑫城果然不愧为国都，但见楼阁林立，飞檐横出，商铺充目，车马塞道，到处是红砖绿瓦，满目是珠翠罗绮。

熊迪走在川流不息的街道上，左瞧右看，黑白分明的脸上荡漾着笑意。这时，它听到了一阵聒噪声，"今天来了一位高手，连赢了33场，功夫着实得了，人也长得英俊潇洒。"熊迪专为此而来，便跟着去了。它因为拥有300年兽元，虽然身体看起来笨重，却如生了一对翅膀。

到了擂台外围，熊迪看到了一只健壮俊俏的金钱豹子，正在耀武扬威。

这只豹子正是豹幽谷的少谷主豹羽，自从逃离后，它便一路辗转来到了紫鑫城，正遇到老狮王为女儿狮玫公主招聘保镖，心想，如果能够借助齐云国的力量，那打败煞狱宫，便指日可待。

熊迪正要挤上前去，又觉得肚子有些饿了。正当它转身去找饭馆时，却闻到了一股奇异的香味。这香味是从擂台上飘来的，擂台上的豹羽正在吃美味的馅饼。它边吃边观察熊迪，刚才它注意到熊迪虽然身材肥胖，但是步伐轻盈至极，料是个高手。但又看到它转身要走，断定熊迪离开是由于胆怯。

便心想，如果能够打败这只不世出的熊猫，齐云国天下第一的称号就是自己的了。于是，它大叫道："台下的熊猫，休走。快上来！"

熊迪听到叫声，回头一看，发现台上的豹羽正挥动着美味的馅饼冲它叫喊，以为邀请它吃馅饼。熊迪便以百米冲刺的速度向擂台跑去，围观的看客们都认为它想打擂，便霍然闪出了一条路来。熊迪兽元雄厚，又被馋虫驱使，速度非常惊人。豹羽看到熊迪这般气势，有点 hold 不住了，振作起精神，准备迎战。

熊迪上台后，迅雷不及掩耳地抢过了豹羽手中的馅饼，尚未回味就一口吞没了，口水淋漓道："豹崽，还有吗？"

"死熊猫，没有了。"豹羽后退两步道。

出言不逊的豹羽让熊迪想到了虎贝，不满道："那你让我上来干什么？"

豹羽心想，众目睽睽之下，不能露怯，便高声道："为了打败你！"

"哦，可是我不会武功啊，你要是成了天下第一，别忘了收我为徒。"熊迪害羞道。

哈，原来它不会武功，瞧它憨乎乎的样子，应该没说假话。不过，它跑酷的功夫十分惊人，也许它像我们豹族一样，天生就是跑步健将。刚才大家都看到了它的本事,如果我能打败它,嗯哼……想到这,豹羽出其不意地向熊迪进攻了。

熊迪被打中下巴,摔了个四脚朝天,疼痛难忍,委屈道:"我想拜你为师,你却对我下手。"豹羽解释它只是想试试熊迪的本事。憨厚的熊迪一听,马上认真起来。世界上最怕"认真"二字,更何况是一只拥有雄厚兽元的熊猫。熊迪用头撞向了豹羽,速度奇快,方位奇准。豹羽立刻变成了一只飞豹,摔出了擂台之外,重重地栽倒在地上。它脑袋眩晕,腹部疼痛,昏死过去,小半天也没有醒来。

熊迪不敢相信自己,心想,这一定是巧合。

熊迪一招便打败了不可一世的豹羽,因此获得擂台冠军,它被请进了王宫。

紫鑫城,狮王宫。

整个王宫,镂金铺翠,辉煌气派。

熊迪走在南北向的黄金走廊上,拾阶而上,眼中满是好奇。

斜刺里走来一只头戴皇冠的金毛狮子,皇冠上镶嵌着宝石,耀眼生辉。这只狮子相貌清秀,举止端庄,正是老狮王的掌上明珠——狮玫公主。

熊迪东张西望,根本没有注意到狮玫公主的出现,结果它们狠狠地撞在了一起。狮玫公主头上被撞出一个大包,异常恼怒道："混帐东西，敢冲撞本尊。"

熊迪傻眼道："我不是故意的，你不要生气，生气对身体不好。"

狮玫公主又气又急道："我的身体已经不好了，左右给我拿下，重杖100。"

陪行护卫上前道："启禀公主殿下，它打败了豹羽，应该会成为您的……"

"什么？就它这样的二货，会成为我的驸……副手？"狮玫公主扫了一眼熊迪，除了看它傻愣憨笨之外，再无奇特之处。豹羽可是狮玫公主私下相中的驸马。老狮王明为狮玫公主招聘保镖，实则想择婿。豹羽相貌英俊，武艺非凡，正是上上人选，可惜的是，它竟然在最终关头被打败了。狮玫公主此番正是想劝说老狮王，改变主意。它可不想嫁给一只熊猫。

熊迪大声道："你是公主？公主说话怎么这么粗鲁？我不是二货，打败豹羽也不是我的错，是那只豹子太可恶了。"

熊猫味的唾沫星子喷到了狮玫公主脸上，更是惹怒了自小娇生惯养的公主。

"没见过世面的熊猫，竟然污蔑我，给本殿下砍了。"狮玫公主暴跳如雷道。

左右见公主真的生气了，只好上前绑熊迪。但是，熊迪一听芝麻大的事就要被杀头,无名怒火一下子窜了上来。怒气之下,体内兽元再次被激发,两个一等一的大内护卫竟然被重重地摔在了柱子上,口吐鲜血昏死过去。

"反了,这只熊猫要造反了。"狮玫公主大叫了起来,它没想到熊迪竟这般厉害,就算大师兄虎贝也没有这个本事,一招之内便干掉两个皇宫大内高手。

闻听公主叫喊,从各个方向涌来了两百个大内护卫,将走廊围得水泄不通。

第9章 拒当驸马

老狮王头戴冠冕出现了。它一直在暗暗观察熊迪,当熊迪和豹羽交手时,它就在通天阁上观察到了,很钦佩熊迪的本事。

熊迪看着倒在地上的护卫,一时间蒙了,不知如何是好。现在又涌现了这么多的护卫,还都拿着锐利的兵器,阵势着实吓人。

狮玫公主喝令道:"还不将它拿下!"护卫们闻令,立即上前擒拿熊迪。

关键时刻,熊迪使出了上树的本领,顺着身边的柱子急速地爬了上去。平时,它为了逃避熊猫村那些熊孩子的欺负,早练就了一身绝佳的上树本领,现在它又怀有兽元,上树的速度更是快得令人侧目。老狮王看得目瞪口呆,心想,这只熊猫看起来笨拙无比,爬起树来,竟比年轻时的猴靖还要快上几倍。

熊迪露出这般身手,令老狮王对它刮目相看。熊迪一边爬,一边暴怒,它从来没遇到这种场面。黑压压的护卫让它喘不过气来,一不小心掉落在地,护卫们忽地持戟将它围住了。熊迪发起狂来,夺过一条戟,当作竹子一样折断了,顿时吓坏了护卫们。熊迪丝毫没有察觉到自己的能耐,只以为折的是竹子,这是它的本能习惯。它咬牙道:"我要使出蛮荒之力了。"它跳跃而起,身体像巨石一样向护卫们冲撞而去,强大的冲击力使护卫们像多米诺骨牌一样个个摔得狼狈不堪。这是熊迪平常打架时的绝技,只是它万万没有想到,今天竟有这么大的威力。

老狮王非但没生气,反而拍手叫好。

熊迪见它头戴皇冠,认定它就是爱民如子的老狮王,便叫道:"国王陛下,我叫熊迪。是它们欺负我,你瞧它们这么多人。你能给我点吃的吗?"这是它在熊猫村养成的习惯,每次打完架,总认为自己损耗了力气,要靠吃东西补回来。

老狮王见它憨萌可爱,打心眼里喜欢它,马上喝止了护卫。

狮王宫,湘芸殿,空气里飘逸着浓郁的饭香。

熊迪坐在席桌前大口吃喝,还不时地离座,将老狮王面前的菜品端过来吃掉。老狮王没有生气,反认为它质朴可爱。狮玫公主起初有些愤怒,但见它虽举止粗俗,却朴实无华,是真性情。熊迪的吃相,不时地让它忍俊不禁。它暗想,这只熊猫还蛮可爱的,瞧它能吃这么多的东西,怪不得力气那般大,竟能打败武艺非凡的豹羽。

吃完后,熊迪打了个饱嗝道:"我困了,要睡觉觉了。"说完,它就趴在桌子上大睡起来,一点也不顾及这是王宫。它的呼声震天响,如击巨鼓。

这让狮玫公主哭笑不得。

狮王宫,凝脂殿,殿内装饰豪华,布置华美。

偌大的宫殿弥漫着一股上等的檀香味,令人心静神宁。狮玫公主卸妆后,便卧在睡榻,正要就寝。它脑海中浮现了熊迪白天时的顽皮举动,不禁轻笑起来。这时,卧室内,闯入一个身影。狮玫公主非常机警,立刻抽剑在手,撩剑挑了上去。这招干脆凌厉,又惊险万分,却被对方轻易躲过。

"公主,我是豹羽。"豹羽摘下了面具。狮玫公主惊诧道:"原来是你。"豹羽羞报道:"对不起,我没用,竟败给了熊猫。"狮玫公主安慰它,熊迪只是力大,招数都是野路子。它能取胜,只是巧合。

突然,殿外大叫:"快抓刺客。"此时,大批宫内护卫,正向凝脂殿奔来。豹羽闻言一惊,轻声道:"公主,我要走了,否则被它们发现,有辱你的清白。"说完它就转身跳出窗外,逃跑而去。狮玫公主哀叹一声,目送豹羽离开。

事后它才知道,宫内护卫们所说的刺客竟然是熊迪。它晚上尿急,找不到厕所,就四处乱闯,结果被误认为是刺客。

狮玫公主好笑道:"这只乡下的熊猫,真没见过世面。"

次日，凝脂殿内摆满了宫内前所未有的各色菜品。

狮玫公主心情欢悦道："哇，宫内来了新厨师吗？"

"这就是我们的新厨师。"老狮王指着熊迪道。

熊迪一身厨师打扮，正喜形于色地介绍自己的拿手川菜，像麻酱凤尾、宫保鸡丁、虎皮尖椒、鱼香茄子、木瓜银耳等等，个个香味诱涎，菜色欲滴，极能挑逗食欲。原来昨晚找厕所时，熊迪发现了王宫内的厨房，那场面瞬间惊呆了它。御厨房内，多是它做梦都想得到的厨具，以及难以觅到的各色调料。熊迪技痒难耐，便起了大早，赶在宫内厨师上班之前，就做好了几十道菜品。它的手艺，让御厨们赞不绝口。狮玫公主不相信呆傻的熊猫，会做这么多好吃的，便半信半疑地品尝起来，结果吃得心花怒放，不时瞅上熊迪两眼。老狮王也高兴得合不拢嘴，它早就吃腻了宫内的山珍海味。

熊迪见老狮王和狮玫公主都吃得开心，竟欢呼地跳起舞来。这支舞蹈，是熊迪在熊猫村自娱自乐时创作的，动作粗鄙简单，但是由它肥胖的身姿跳出来，却别有一番趣味，俏皮滑稽，惹人发笑。它还边跳边唱："我是一只小可爱，从小自立独具风采，别看我邋遢有点怪，我却对生活充满期待，你要是吃了我做的菜，保证你下次还想来……"

狮玫公主很快被熊迪的独特魅力吸引住了，看似蠢笨的熊迪，竟然才华横溢，能歌善舞，比那只豹子强太多了。熊迪能拳打豺狼，上得厨房，还能深得女孩子芳心，真是可遇不可求的佳郎。老狮王已然明白了狮玫公主的心意，等熊迪跳完舞，说出了招它为驸马的心意。

狮玫公主羞红了脸，扑在老狮王怀中，撒起娇来。

但是，熊迪拒绝道："我……不同意！"

第 10 章　全国通缉

面对熊迪的当场拒绝，老狮王和狮玫公主都难以置信。当驸马是齐云国很多男子梦寐以求的美事，熊迪的脑子简直被油炸了，竟然油泼不进。

"我心有所属，装不下狮玫公主。"熊迪坚决道。

"没有三妻四妾，怎能叫成功的男人。本王不才，尚有72嫔妃。本王作主，将狮玫公主许配给你当大老婆。"老狮王见熊迪诚实无欺，更是喜欢它。

狮玫公主一边拼命摇头，一边注视着熊迪。

熊迪激动地跳了起来道："一块饼，一个人吃很满足。两个人分着吃，就难以知足。"它想到心爱的熊魅，此刻正在煞狱宫饱受磨难，它怎能当驸马呢。

"你说得很有道理。我堂堂狮王的女儿，只能独享你的幸福，否则我皇家脸面何在？"老狮王话中露出了软刀子。

于是，双方你一言我一语地争论起来，这让熊迪很不耐烦，它还没吃饭呐。最后，熊迪两眼一瞪，抓起两块葱油饼，转身就跑了。临走时，它还没有忘记到御厨房取走一些名贵的调料。老狮王大怒，让宫内高手即刻捉拿熊迪，但是熊迪有兽元护体，奔跑如飞，肥胖的身体轻而易举地冲破了重重阻碍。

狮玫公主发现熊迪宁可逃跑，也不愿当它的驸马，竟然大哭了起来。

现在的它，心里哪还有豹羽的影子。

熊迪逃跑后，老狮王命令各地下海捕文书，全国缉拿。

齐云国上下，到处张贴了熊迪的画像。即便它想逃出紫鑫城，也是一件难事。官兵们挨家挨户搜捕，真让它无处藏身。

好不容易躲到晚上，熊迪已然十分饥饿。它跌跌撞撞地逃进了一家墨宝坊，因为从那里飘出了一股青竹的味道，香味极其浓郁。熊迪哪里晓得，这家墨宝坊制作的墨，掺入了竹汁，所以才有青竹的味道。熊迪闯入墨宝坊后，走得匆忙，没有注意到脚下，竟然跌进了墨池中。等到它从池中钻出来后，熊迪黑白相间的肤色，已是遍体乌黑，只是它浑然不知而已。熊迪走出墨池，寻找到一些吃的，便离开了墨宝坊。

刚离开墨宝坊的熊迪，就遇到了来此搜查的官府差役。奇怪的是，它们看到熊迪后，竟然视而不见。此后，熊迪接连被官府差役撞到，均安然无事。它也不知为何，只道是老狮王大发慈悲，赦免了它的罪过。它心中暗赞了老狮王一番。

如此一来，熊迪就轻松地离开了紫鑫城。

虽然它在路上看到了不少悬赏捉拿它的文书与画像，也只是认为没时间撕下而已。善良的熊迪，总是认为这个世界是无限美好的，一切恶的东西，对这个世界来说，都是伤害。要想维护世界的美好，首先自己的心灵一定是善的。

但是，欢乐的熊迪很快又情绪低落了，原来它不知道自己要去哪里。它漫无目的地走着，直到一头撞到了一只熊猫身上。

"哇，好痛，你眼睛忘家里了？"熊迪捂着脑袋抱怨道，但是，它发现眼前是一只呆萌的熊猫后，马上欢呼起来，"你……你是怎么逃出来的？"

撞它的是熊林山的熊力，它逃离鳄鱼强的魔爪后，担心煞狱宫会继续追捕它，便想到了一个好主意，把自己装扮成了一只熊猫。一路上，它发现自己变成熊猫后，顿时好有安全感。只是最近几天，它才发现，变成一只熊猫，是多么可悲的事情。它费了九牛二虎之力，才逃出了官府差役的追捕。熊力哪里晓得，它被当作齐云国的头号要犯熊迪了。一路逃跑下来后，身材魁梧的它，竟然有些消瘦了。

"兄弟，你是怎么从煞狱宫逃出来的？"熊力紧紧地抱住了熊迪。

熊迪和熊力互相搂抱了起来，都感觉亲切极了。

"啊，好大的臭味。"熊迪闻到了熊力身体上的酸臭味，马上推开了它。熊力也是如此。这几天它们光顾着逃跑，身体都变得肮脏不堪。

"哈哈，我们该洗澡了。"熊力和熊迪大笑起来。

于是，它们就近找到了一处清澈的水塘，熊迪从水中发现自己竟然变成了大黑熊，显得十分蠢笨。怪不得那些追捕它的差役，会对它视而不见。正当它沮丧的时候，熊力已经纵身跳了下去，非常的开心。熊迪不为所动。熊力以为它怕水，便一把将它拉进水里。熊迪被呛了一口水，便拍打水花和熊力嬉闹起来。它们就这样欢快地洗起了澡。但是，洗着洗着，它们就发现了异样。它们眼中的熊猫和大黑熊，好像变魔术一样，不知去哪了，都立刻惊呼起来。

熊迪尖叫道："你不是熊猫？"

"你不是大黑熊？"熊力惊叫道。

它们眼中的同类，都变成了异类。本来以为有了同伴，可惜惊喜都被洗没了。

"原来都是因为你，害我这几天受了好大的折磨。"熊力发难道。

熊迪捂着嘴笑道："呀，原来我是变成了你的蠢模样，才没被追捕。"

熊力见它取笑自己，发怒地冲向了它。熊迪看它生气的样子，非常恐怖，便疯狂地奔向了岸边。熊力习过几年粗浅的武功,很快追赶上了熊迪。它们便扭打在了一起,你一拳,我一脚,互有损伤。但是,熊迪打不过熊力,便咬住了它的肩膀。熊力痛叫一声,拼命推开了它,现在它们各自损耗了不少力气,躺在草地上喘息起来。

原先它们还有说有笑,现在谁也不愿意搭理谁。

等到身体晒干后,它们也都饿了,但是都不愿说出来。

第 11 章 结义拜师

  熊迪发现水塘里飘浮起了很多鱼，不禁欢呼起来。

  原来这些鱼，都是被它们身体上洗去的臭味熏倒的。这些肚大肉肥的鱼个个翻了白眼，漂在水面上煞是壮观。熊迪扑进水塘，大肆捕捞起来。

  熊力也非常喜欢吃鱼，生怕熊迪把鱼全捞走了，也立刻下了水。

  不大会工夫，熊迪和熊力争先恐后地各自捕获了不少鱼。

  熊迪上岸后，清理好鱼，洒上随身带的盐巴、调料等物，将鱼身裹上泥，生上火，便烤制起来。这些调味品，都来自王宫，调出的味道自是非比寻常。熊力从来没有见过此等做鱼的方法，它只知道将鱼串了树枝，在火上烤。它只顾着看熊迪烤鱼，自己的鱼烤糊了都不知道。

  等到熊迪做好后，熊力闻到了从未闻过的鱼香味，口水淌了好多。最后忍耐不住，便抢了熊迪的一条鱼来吃。尝了一口后，称赞不已。熊迪非但不生气，反而又递给它一条。熊迪的善意和鱼的美味，着实感动了熊力。善举有时虽小，却能让生活变得更加美好。熊力改变了对熊迪的看法。

  吃饱后，熊力提议，欲和熊迪结拜为兄弟。熊迪从小没有兄弟姐妹，唯一对它特别好的熊魅，还被煞狱宫抓走了。于是，熊迪非常痛快地答应了。一论年龄，熊力为兄，熊迪为弟，它们感觉自己的人生不再孤单了。

熊力和熊迪结拜后，互倒了家园被毁、同胞蒙难的苦水。它们时而捶胸痛哭，时而仰天怒吼。最后，它们紧紧地抱在了一起，仿佛一对好基友。

"打败煞狱宫，拯救同胞！"熊力咬牙切齿道。

熊迪挠了挠头皮道："我是个通缉犯，还不会武功，怎么打败煞狱宫啊？"

熊力笑道："要想打败自己的敌人，就要投靠敌人的敌人。仙阙门是煞狱宫的死对头，我们去仙阙门拜师学艺报仇。"

"仙阙门？"熊力有些犯难地向它讲述了自己的"庚朗山拜师囧遇记"。

"那是你心意不诚，仙阙门那么大的名头，怎能轻易收徒？"熊力纠正了熊迪对仙阙门的错误看法。观念有时会改变信念，信念坚定了，荆棘也会变成坦途。

熊迪回想当初用七膳房做饭的水洗澡，又无意羞辱了虎贝，终于明白了自己所受的委屈，都源于自己当初种下的恶因。

突然，一阵笑声惊扰了它们。

鸦八驻留在树枝上，梳着拉风的头型，正扑打着欢快的双翅。熊迪认出了它，寒暄了一番，并介绍给熊力认识。熊力犯了熊迪当初犯的错误，将"鸦八"误听作"哑巴"，结果被鸦八臭骂了一顿。"你这只逗逼。我叫鸦八，乌鸦的鸦，七八的八。你再不好好说话，我让你变成哑巴。"鸦八训斥道。

但是，它对熊迪却不无夸奖："熊迪，你可成名人了，戏耍了仙阙门的大师兄，又大闹了紫鑫城，还差点成为驸马。"

熊迪不好意思地挠了挠头，它感谢鸦八上次对它的帮助，允诺给它做各种好吃的作为回报，并央求鸦八带它们去仙阙门拜师学艺。鸦八为难地告诉它们，仙阙门的弟子本来就痛恨熊迪，现在它又得罪了狮玫公主。若是收留下它，仙阙门就是公然抵触老狮王。

熊迪的眼泪开始打转，它哪里知道狮玫公主也是仙阙门的弟子。完了，它把不该得罪的人全得罪了。熊力安慰它道："就算得罪了整个仙阙门，也不能阻挡我们拜师学艺的脚步。"

"哇哦，我越来越喜欢你们了。送你们一句话，诚心是打开成功的钥匙。祝你们好运，我要办差去了。"鸦八说完，便迅速地飞走了。

庚朗山脚下，在通往仙阙门的石阶上，熊力和熊迪跪下了双膝。

它们经过商议，打算一步步跪到仙阙门，用诚心感化猴靖。

不觉间，它们已经跪行了三四里路程，双膝已然磨破，口中更是饥渴万分。庚朗山风景雄奇秀美，它们也无心观赏，只是互相激励着对方，不放弃信念，不抛弃梦想，用虔诚的努力开拓出壮丽的图景。突然间，一阵闪电响起，下起了瓢泼大雨。雨水打湿了它们的身体，模糊了它们的视线。它们抬起头，伸出舌头，舔了舔雨水解渴，相互对视，轻微一笑，而后继续跪行。很快，累得筋疲力尽的它们，趴在了台阶上，大口喘气。熊迪一度要求停下来，休息片刻。但是，熊力告诉它，如果它是个懦夫，轻易就放弃，它们就不再是兄弟。于是，它们开始匍匐而行。这时，山上掉落一块石头，向它们疯狂滚来。

"哇，疯狂的石头，熊迪，赶快躲开。"熊力想推开熊迪，但是哪还有力气。石头离它们越来越近，越来越近。熊力知道躲不过了，只好无奈地闭上了眼睛。

"我不想变成熊猫饼干。"熊迪捂住了眼睛，往事一幕幕浮现在脑海，它不甘心就此挂掉。它怒吼出生命中最后的力量，"啊……"体内的兽元被无限激发。巨大的石头，被强大无比的力波击得粉碎，变成了无数个小石球，从半空中滚落下来，"噼里啪啦"地掉在它们身上。熊迪被十余枚石球砸中，睁眼一看，却因雨水淋漓，模糊了视线，只道是冰雹来了，笑了一下，便昏睡过去。"兄弟，刚才是幻觉，不……不过……是冰雹。"熊力瞧了一眼熊迪，也沉重地睡下了。

雨依然在下着，似乎将它们身上的疲惫洗去了，它们确实累了，需要那么一场深沉的睡。

第 12 章　罚作苦力

等到它们醒来时，却发现自己在一处大殿中。殿内燃着檀香，生着火炉，暖烘烘的，好舒服。兔巴发现它们醒了过来，便给它们喂服百年参汤。

熊迪品出汤味醇厚，奇美无比，便从兔巴手中抢过碗，一饮而尽，并央求兔巴教给它做这道汤的方法。兔巴可乐坏了，它正打算让熊迪教给它怎么做川菜呢。它刚想说出，就被熊力一阵喷嚏打断了。

"这是什么地方？咦，还有一只老兔子。"熊力看到了兔巴的大板牙，不觉咧嘴大笑起来。突然，它笑不出声来了，一只萝卜突如其来地撑住了它的大嘴巴。熊力从嘴中取出异物，刚要扔掉，发现是脆嫩的萝卜，立刻咬了大半截，乐呵呵道："真甜。刚才是我不对，我是狗熊嘴里吐不出象牙。"

兔巴立时乐了，蹦跳了两下道："真是个逗逼。老猴子若是答应收下你们，仙阙门一定会变得其乐无穷。"

熊迪和熊力不敢相信自己的耳朵，齐齐看着眼前浑身散发着油烟味的兔巴，难道掌门人猴靖答应收它们为徒了？

鹿荨奉师父猴靖之命，前来探视熊迪和熊力。

它无意间听到臭做饭的兔巴，竟然称呼师父为老猴子。

进门后,它便狠狠地瞪着兔巴,好像眼睛能咬下一口兔肉下来。

兔巴察觉它眼神不对劲,很快回过味来,拿起菜刀,佯作要离开去做菜。但是鹿荨挡住了它的去路,扬起脚向它踢去。鹿荨的腿功在仙阙门极受称道,连虎贝也逊它三分。它的动作矫捷,用力迅猛,踢在石头上,也会留下深深的鹿蹄印。这次,它更是使出了绝招三脚连环踢。本来对付兔巴这种货色,是用不着出大招的。不过,它是踢给熊迪看的,让它知道自己的厉害。但是,三脚踢出后,哪有兔巴的影子!鹿荨傻傻巡视,哪知兔巴在它的鹿头上跳起了舞,手中还挥舞着菜刀,寒光刀影在鹿角间飘忽,吓得鹿荨胆战心惊。兔巴顺着鹿荨的脖子滑下来道:"你的腿法实在了得,把我踢在了你的头上,吓得我直打哆嗦,真怕手中的菜刀一不小心把你的鹿角砍了下来。以后,这样的玩笑开不得,我这把老骨头经不起折腾啊。"

这番话让鹿荨释然了,它重新趾高气扬起来,逮住熊迪怒斥起来。兔巴咳嗽了一声,熊力未吃完的半截萝卜卡在了鹿荨的嘴中。

熊力看着空空的熊掌和鹿荨嘴中的萝卜,惊讶得说不出话来。

"小鹿,我到山潭上捞鳖子去了。鳖珠有清热解毒的功效。我看你湿热挺重,需要调养,我给你捞上几枚。"兔巴慢条斯理道。

鹿荨这才醒悟，原来它听到的是"捞鲎子"，不是"老猴子"，便谢过了兔巴。

熊迪看着兔巴，暗想，这才是真正的高手。

仙阙门，玄尊殿，威严悚惧。

熊迪和熊力已经跪了半个时辰了，猴靖还没有出现。

大殿两侧各有一个巨大的香炉，燃烧着千年的沉香木，烟熏雾绕，扑鼻生津。

正中央是一具黄花梨雕坐榻，上有金丝蒲团，是仙阙门掌门猴靖所坐。

熊迪双腿已经酥麻。它左右张望，期盼着猴靖早点出现。时间在慢慢消磨，它的耐性也在消耗，它心中幻想着美食，试图来抵消双膝的疼痛。但是，熊力咬紧牙根，奋力坚持。

一个小时过后，熊迪嘀咕道："熊力老兄，鹿荨该不会是耍弄我们吧？"

"不要说话，努力坚持。"熊力双腿麻痛，但当大哥，必须带好头。

突然，熊迪感觉有异样，抬头一看，失声尖叫起来。原来掌门猴靖，在它们眼皮底下出现了。它神色严肃地坐在蒲团上，犀利的眼神刺得熊迪胆战心惊。

"师父!"熊力卖乖道。它心想坐在蒲团上的老猴子,必是掌门猴靖无疑。

猴靖不怒而威,向熊迪轻轻挥动了一下拂尘,它就像炮弹一样被驱赶出殿外,一连在天青石铺就的元武场上滚了数十个跟头,方才止住。熊迪被转得眼冒金星,头疼欲裂,昏倒过去。熊力想过去探望它,却发现玄尊殿已经合上了门。

自此后,熊力被收为猴靖门下弟子,由虎贝传授仙阙门的基础功夫。而可怜的熊迪则被处罚在七膳房做工,每天的任务就是劈柴、打水、择菜、烧火……尽管它很不情愿,但是每天能和各种好吃的打交道,所以就算是辛苦点,它也慢慢地接受了。仙阙门的弟子们,每天看到熊迪的狼狈样,都感觉特别解气。尤其是虎贝,经常拿它开涮。但是,熊迪都忍受了下来,它明白,人生就像做菜一样,有的菜生吃起来苦涩难咽,但是只要经历煎熬、翻炒,就变成了美味。

熊力起初经常来看望它,向它卖弄一些武功,但渐渐地似乎把它遗忘了。

怒龙山,羞暗池。

黑蛟怪用以疗伤的九阴之水,阴气渐衰,全身如虫噬咬,痛不欲生。

黑鸦每月不时前来打探。这天,它尚未进洞,就听到黑蛟怪的痛叫声。它小心翼翼地进去,却差点没被抓住吃掉。它拼命挣扎,才逃出黑蛟怪的爪牙,但牺牲了几根最漂亮的羽毛。惊魂未定的它,连忙前去报告给蛟魔君。

黑蛟怪的吼声更大了,疼痛让它变得性情暴躁。

第 13 章　偶获灵珠

煞狱宫，凶魔洞，靡靡之音泛起。

蛟魔君自从被兔巴的擀面杖重伤后，一直在服用龟灵秘制的灵丹妙药，已恢复了七八成。伴随着柔靡的音乐，它张大着嘴巴，渐渐入眠。

突然，黑鸦闯了进来，惊惶失措的它，差点没有掉进蛟魔君一张一合的大嘴巴中。吓尿的它，把一滩鸦粪拉进了蛟魔君的嘴巴里。蛟魔君伸出舌头舔了舔，很是享受的样子。黑鸦更是惊恐到极点，连忙用翅膀捂住了眼睛，却坠落在蛟魔君的脚趾缝中。它拼命挣扎，终于挣脱而出，只是又损失掉了最后几根漂亮的羽毛。它扫视无人，方才长舒了口气。

这时，蛟魔君醒了过来，感觉口臭太重，连忙饮了一杯酒。

黑鸦马上向它汇报了黑蛟怪性情狂变的状况，蛟魔君见它神色慌张，以为它是受了黑蛟怪的惊吓，也没在意，立刻让它通知龟灵和鹤翁，一起前往羞暗池。黑鸦因为接连丢失羽毛，身体无法维持平衡，一下子撞在了门框上。蛟魔君怒吼道："没用的东西！"黑鸦诚惶诚恐，跌跌撞撞地办事去了。

蛟魔君很快带着龟灵和鹤翁到达了羞暗池，看到了哀号不止的黑蛟怪。

此刻的它满脸伤痕，四肢胀裂，池水中一片血红。它一边抽搐，一边用蛟尾拍打四周，激起了巨大的水花。

鹤翁点中了它全身八大要穴，制止了它的癫狂。龟灵及时给它弹服了一枚丹药，这才暂时扼制了黑蛟怪的伤痛。黑蛟怪趴在池边，大口喘着粗气。蛟魔君心疼地抚摸着儿子的身体，发誓道："孩子，父王一定治好你的伤。"

黑蛟怪嘴角挤出笑意道："父王，这次你没流泪，真是好样的。"

蛟魔君紧紧地抱住了黑蛟怪，责令龟灵和鹤翁尽快找到天书和焰灵珠。

龟灵献策，可广撒告示，延请神医。

蛟魔君立刻让它着手办理此事。

三百里之外的豹幽谷，正下着小雨。

满脸抑郁的豹羽，重回故地，心境无限凄凉。

往日的归乐园，山泉淙淙，群豹嬉戏，狂吼山野，热闹非凡。而今杂草丛生，恶鼠逃窜。过去的豹羽，是少谷主，受到关注与青睐。现在的它，已落魄成丧家之犬。它没有了亲友和家园，更与狮玫公主失之交臂。它万万没有想到会败给一只呆傻的熊猫，更没料到老狮王会招熊猫为驸马。熊猫和狮子生活在一起，真是可笑之至。

豹羽感觉幸运的光芒，已经不再对它垂青。它疯狂地捶打一块岩石，不顾鲜血流出，而后失魂落魄地游走在豹幽谷中，沉浸在自己的世界里。丝毫没有注意到，它已经临近一处深潭，一不小心，便跌入到潭中。它起初想挣扎，但转念想到，不如就此结束。它闭上了眼睛，接受命运的安排。

这时，它感觉一股温柔的力量在抚慰自己，便睁开了眼睛，发现一缕蓝色的光芒从潭底冲出，煞是壮观。定睛一看，蓝光来自于一枚拳头大小的珍珠。豹羽从来没有见过如此好看的珍珠，心想，若是送给狮玫公主，它一定会开心。于是，它潜入潭底，捞出了珍珠。

豹羽怎么也不会想到，这枚珍珠正是仙阙门镇山之宝——灵珠。焰灵珠一珠化二，一枚为殷红的焰珠，另一枚则是蓝彩的灵珠。焰珠可以伤人，而灵珠能够救人。温和的蓝芒，映射在它的胸膛，让它十分受用，它发觉胸间的疼痛渐渐消失了。这处伤痛，正是拜熊迪所赐。而且它手上的伤口，也奇迹般地修复如初。

豹羽欣喜异常，如获至宝。

这时，雨止了，天晴了。

豹羽更是感觉这一切都是天意，它重新拾起了信心，发觉阳光是那么的美。

对，当你感觉命运的天平失衡时，不要伤心，不要哭泣，因为沉重的苦难，正把成功高高地翘起。

一张告示从空中飘落下来，又给了它一份大礼。

第 14 章　真假黑熊

怒龙山背阴处，终年不见太阳光顾，冷风常吹，毛骨悚然，阴暗至极。但是，有环山溪水流经，四季丁冬作响。其间有一个寒波洞，洞府阴冷，寒风频顾。这里有一个豢养所，豹幽谷的豹族和熊林山的熊族，以及熊猫村的熊猫，都被关押在这里。除此之外，还有其他不服从煞狱宫管辖的兽族。在这里关押时日久了，多会患上各种风湿病。

脾气暴躁的豹族，还有粗暴的熊族，起初都大肆反抗，终日叫嚷，奈何铁镣特制，狱栏难破。三日下来，个个筋疲力尽，喉舌干渴难耐。狱卒们又偏偏不给它们提供饮食，专门等待它们主动屈服。如此下来，豹族和熊族都变得非常温驯，遇到狱卒再也不敢大声叫喊。在生存遇到危机时，很多都会选择明哲保身。豢养所内唯一低调反抗的，是熊猫族。它们自始至终，沉默无声。在它们看来，叫嚣是无能的表现，更是无力的反抗，真正的反抗是沉默。拼命生存下去，等到机会有了，就能改换天地。起初，它们都被涂上了黑色的墨汁，变作了大黑熊的模样，不知道鳄鱼强搞什么鬼，后来，它们看到了一起被关押的熊族，似有所悟。寒波洞中空气潮湿，洞顶多有水滴降落，致使它们身上的墨色慢慢被洗去，渐渐恢复了熊猫本来的面目。熊猫们依旧个个躺着身子，舔饮从洞顶岩壁上滴落的水滴，丝毫没有引起狱卒的注意。熊魅也在沉默地饮着可怜的滴水，它边饮边思考如何逃离出去，它也在想念着熊迪，不知道这个呆傻的家伙有没有出事。

负责豢养所的是鳄鱼强，它每月定期来光顾一次，显示一下自己的威风。今天，它又来耀武扬威。

只听"轰隆"一声巨响，豢养所的石门开了，一线光芒透隙而来，刺激着眼睛。鳄鱼强装模作样地进来了，左右各有两个狱卒手持火把陪伴。豹族和熊族等众，马上哀号起来，请求赏给它们吃的。只有熊猫族不为所动，依旧躺在原地。这自然引起了鳄鱼强的注意，这也是它最担心的，因为这些熊猫是它贪功充数的。它十分恼怒地奔向了关押熊猫族的各个狱室。当初它路过熊猫村时，就有了将熊猫冒充为熊的主意，将熊猫涂上墨汁，就变成了黑熊。

熊魅见鳄鱼强走了过来，连忙站起身，脸上涌出笑意。鳄鱼强心想，这群熊猫最为笨拙愚蠢，抓它们的时候，丝毫不费劲，但是，它们不识时务，让它很头疼，现在终于有个家伙开窍了。熊魅暗想，忍耐一时的屈辱，换来明日的自由。于是，它谄笑道："强大人，我发现你是煞狱宫最英俊帅气的。"

鳄鱼强从来没被如此夸奖过，心想，听马屁话，真的就像保养身体一样，两个字，舒服。它心想，黑熊之数超过一百，这只熊猫明显是多余的。它大笑道："你真是乖巧可爱，身边有你侍候，每天的生活一定会精彩极了。"它一挥手，狱卒便将熊魅放了出来。

熊猫们"霍"地都挺身而起，睁着眼睛注视着熊魅的离开。这正是鳄鱼强想看到的局面。熊魅头也没回，就跟着鳄鱼强走了，豹族和熊族都怒吼起来。熊魅身上染就的黑色，早已退去，活脱脱就是一只熊猫。这一幕被信使黑鸦看到了，它心想，原来鳄鱼强胆大包天，竟然鱼目混珠将熊猫充作黑熊凑数，还厚颜无耻地领取封赏。我要告发它。正当它要振翼飞翔时，却因保持平衡的羽毛没了，身体不能像以前那样灵便飞行，一下子跌落在鳄鱼强面前。

鳄鱼强轻蔑地瞧了它一眼，继续往前走。

黑鸦感觉受到了侮辱，大骂道："好你个鳄鱼强，竟然敢欺瞒大王。"

鳄鱼强这才发现熊魅已经露出真面目，不觉倒吸了一口冷气。

黑鸦非常得意，扑腾着翅膀向鳄鱼强逼近。

鳄鱼强心想，真是一着不慎满盘皆输啊。这个臭乌鸦真是一肚子坏水。

熊魅明晓了个大概。它知道这是个千载难逢的机会，如果抓住了，命运就会发生转机。就在黑鸦步步逼近鳄鱼强时，熊魅见机行事，一手抓住了它。

黑鸦被它的熊猫之力抓得快窒息了，呼吸严重不畅，但是嘴巴变得更乖巧了，说了一通让人酥麻的话。熊魅有意松了手劲，拍了一下它的脑袋道："黑小子，现在你知道我们黑白熊的厉害了吧？"

"黑白熊？"黑鸦号称"包打听"，却从来没听说过"黑白熊"，但是它感觉眼前的这只黑白熊手劲很大，像是熊的力量。

熊魅冷笑道："北极有白熊，深山有黑熊，竹林中有我们黑白熊，这有什么大惊小怪的？"它从小喜欢看各种课外书，书读多了，谎话也编得比较高级，不仅可信，还让人感觉很有学问。

黑鸦联想到自己的死对头——鸦八，它不就是一只少见的白乌鸦吗，恍然大悟道："我明白了，你们黑白熊是白熊和黑熊的杂交品种？"

鳄鱼强及时附会道："对对对，鸦大人果真聪明。黑白熊是杂交品种，简称杂种。黑白熊，有黑熊的贪婪，白熊的勇猛，熊味十足，你最好别惹它。"

熊魅对"杂种"一词,很是反感,但是也只能配合鳄鱼强演戏,它威胁道:"黑小子,我要把你做成乌鸦酱,然后抹上蜂蜜,那味道真叫一个好极了。"说完它伸出舌头舔了舔黑鸦,显出很享受的样子,搞得鳄鱼强的口水都流了出来。

黑鸦晓得爱吃蜂蜜是熊的本性,此下更是怀疑全无,恐惧升级,它拼命求饶。熊魅故作不同意,露出獠牙,扮出了怪异凶猛的样子。在黑鸦看来,这就是一头巨兽。它马上昏厥了过去。

熊魅把它丢在地上,嘲笑道:"就这胆量,还敢告密。"

鳄鱼强乐得哈哈大笑,但是它不知道,它腰间的令牌不翼而飞了。

第 15 章　两颗宝珠

鄂岳洞，鳄鱼强的府第。

这里本是一个临潭小洞穴，是鳄鱼强在煞狱宫蜗居的地方，现在却成了洞天福地。因为鳄鱼强经过奋斗终于漂白了，从屌丝变成了大咖。

由于熊魅帮助鳄鱼强渡过了难关，而且表现得极为温驯，所以它受到了鳄鱼强的至高信任——成了小鳄鱼强的专用保姆。小强强平时非常顽皮，熊魅却把它治得老老实实。这让鳄鱼强对它更是信赖有加。熊魅靠它天然流露的真诚，赢得了鄂岳府所有人的好感。熊魅晚上睡觉时，都差点笑出声来。它心中明白，所有的演技，都是为了某一天逃出地狱。

机会总是在有心人面前出现，熊魅趁鳄鱼强不在鄂岳府时，抱着小强强出府溜达去了。它身上有鳄鱼强的令牌，一路上畅行无阻。熊魅非常得意。但是，人得意的时候，难免会大意。

就在熊魅即将逃出鄂岳府时，迎头撞到了鳄鱼强。

真是人算不如天算，熊魅急得眼泪都要流出来了。

鳄鱼强也发现了熊魅，但是，奇怪的是，它竟然视而不见，反而径直回府了。原来，它在修建自己的洞府时，从水潭里发现了一颗特大号的珍珠,唤它作血珠,有镇痛止疼的功效,大小和焰灵珠相仿。它原先想留作自己用,现在蛟魔君通告魔界全力寻找焰灵珠,它正好凭借这颗珍珠冒领大功。这颗珍珠和真正的焰灵珠,发出的珠光极其相似,难辨真假。即便被识破,罪也不至死,毕竟这颗珠子有镇痛止疼的药效,到时巧言解说即可。而且要想焰灵珠真正发挥功效,需要天书,可是天书哪里是轻易得到的。学会钻空子,有时就是走捷径。如此重要的事,鳄鱼强只能亲自办。它心里只顾着献珠的事了,顾不上理会熊魅。

熊魅虚惊一场,走到偏僻处,放下小强强就逃跑了。

怒龙山,绵亘数百里,到处是危峰峭壁。

别处天蓝云蔚,此处却天色空蒙,阴云暗织。

而今日的煞狱宫,比往昔更显空寥。

蛟魔君面容憔悴,忧心如焚。它在宫殿内踱来踱去,不时地唉声叹气。黑蛟怪痛苦的情景,在它的脑海中不断地翻滚着。它感觉作为一个父亲,太失败了。儿子满身痛疮,就算得到天下,又能怎样?

突然,黑鸦来报,带给它一个意外的好消息。

那日黑鸦被熊魅吓昏后,被豹羽的一泡尿浇醒了。豹羽在豹幽谷看到黑鸦撒下的告示后,便计上心来。它跋山涉水,费尽千辛万苦，来到了怒龙山。它在撒尿时，无意间浇醒了昏迷的黑鸦。豹羽晓得当初撒告示的，就是黑鸦。起初，它试图从黑鸦口中套取信息，以便潜伏。但是，黑鸦坚持保密原则，死活不肯说，只知顾惜受损的羽毛。给别人带来好处，自己也会得到益处。豹羽便用灵珠，为它进行了康复治疗，使它丢掉的羽毛生长如初。黑鸦对豹羽感恩戴德，豹羽也由此获知了混迹于煞狱宫的职场法则。

黑鸦不想当一辈子的龙套，也梦想着做一回人生的主角。它希望能像鳄鱼强一样得到提拔。激动不已的它，便推荐豹羽献出灵珠，医治好黑蛟怪。这正合豹羽的心思。蛟魔君听到黑鸦的汇报后，心情大悦，立刻召见了豹羽。

忐忑不安的豹羽，捧着沉香木匣，亦步亦趋地走到了蛟魔君面前。它强作镇定，心里却是翻江倒海。在仇人面前，它非但不能暴露愤怒，还要尽显谄媚之态。它恶心现在做作的自己，但是，能够恶心到自己的言行，对敌人必然是攻心的毒药。欣喜若狂的蛟魔君，丝毫没有觉察到豹羽的异样。黑鸦暗想，这次，我可要发达了。该死的鳄鱼强，我飞黄腾达之日，就是你倒霉之时。豹羽面对蛟魔君期望的眼神，当下收拾好心情，打开了沉香木匣，灵珠散发的蓝芒充盈了整个宫殿，辉映出的奇观异景，煞是壮观。

蛟魔君伸手将灵珠取了出来，顿时感觉到36000处毛孔无不通透，7大要穴、9大玄关莫不舒爽，全身上下更是舒适无比。旧痛新伤，似乎在缓缓减轻。蛟魔君欣喜之余，老泪纵横。

黑鸦暗笑道，这次，我真的要发达了。

这时，鳄鱼强喜形于色地来到了殿内，说找到宝珠一枚，要献给蛟魔君。它打开黄花梨木匣子，血红色的珠芒闪入蛟魔君的眼帘。鳄鱼强用事实证明，巧言令色，远不如赤裸裸的真理。

"大王，此珠名叫血珠，有镇痛止疼的功效，是我千辛万苦找到的。"鳄鱼强极尽讨好之媚事。黑鸦对此很鄙夷，心想，这一套，我也会。

蛟魔君手舞足蹈道："珠光为红色？"又看了一眼豹羽献出的珍珠，"珠光是蓝色？"当日焰灵珠一珠分二，一枚为殷红色，一枚为蓝彩色，皆不知飞向何处。现在，两颗宝珠，同时出现在眼前，它难以置信。

豹羽看到鳄鱼强，恨不得生吞了它。但是，它不能。哪怕它的心在流血，也必须用忍耐将悲愤化为绕指柔情。鳄鱼强不屑地瞪了一眼黑鸦，眼角里透出一股杀意。黑鸦倒吸了一口气。豹羽大方地走到鳄鱼强后面，拍了一下它的肩膀，鳄鱼强差点没有歪倒在地。在鳄鱼强惊愕之际,豹羽送给它一个暖暖的微笑。鳄鱼强感觉豹羽好生面熟,但是,惊惧之下,它也回想不起来。刚才那一拍,力道雄浑有力,肩膀要碎掉般。

此刻,蛟魔君双手分持一珠,心中欣喜不已。

它将血珠和灵珠,小心翼翼地分别放回匣中,让黑鸦传令龟灵和鹤翁,共同鉴赏这两颗绝世珍宝。

第 16 章　波谲云诡

打好如意算盘的鳄鱼强，心中惴惴不安，担心所献血珠被识破。它想出的诸般对策，也一时化为乌有。用纸糊起来的强大，经不起风雨，终究不过是纸浆而已。

不到片刻，谦和的鹤翁抵达煞狱宫。鳄鱼强故作镇定，将血珠捧给它鉴赏。蛟魔君也用期望的眼神注视它。鹤翁取过血珠端详了一番，便指出此珠名唤血魂珠，是失传500年的魔界圣物，因珠元丧失无迹可寻。它没有镇痛止疼的功效，只是在吸食精元时麻痹了寄食体的神经。现在血魂珠红润闪光，想必是最近又吸食了婴儿的元初精元。

鳄鱼强终于明白了，小鳄鱼强不是因为熊魅的照顾才变得乖巧，而是精元受损而衰靡。没有了精力，拿什么搞恶作剧。它泪水纵横道："我的儿啊！"蛟魔君丝毫不理会它，猛然醒悟道："血魂珠？《魔界史记》记载，血魂珠是煞狱宫至宝，历代宫主用魔法培育而成，法力惊人！"

鳄鱼强显然立下大功，但是它嗫嚅不起来，匍匐着爬向鹤翁，请求它救助儿子。鹤翁却说除非灵珠可治，别无他法。鳄鱼强顿时号啕大哭。

黑鸦巴不得鳄鱼强倒霉，便让鹤翁鉴赏豹羽所献宝珠。

豹羽从沉香木匣中取出给它。鹤翁睛光一闪，仔细端详起来，惊喜道："这才是真正的灵珠啊！"

蛟魔君一听，秒夺回灵珠，兴奋的心情燃爆到顶点。

鳄鱼强却像抓住救命稻草一样，抱住了蛟魔君的大腿，请求用灵珠救治它的儿子。但是，蛟魔君一脚将它踢飞了。鳄鱼强被摔成了重伤，依然挣扎着爬向了蛟魔君。黑鸦都有些动容了，内心为鳄鱼强点赞道，作为父亲，你还是挺合格的。

蛟魔君高兴之下封豹羽为煞狱宫头号大将军。

鳄鱼强抹掉嘴上的鲜血，反驳道："大王，我才是头号大将军啊！"

"你现在是狗屁将军！"蛟魔君不耐烦道。

黑鸦听罢非常得意，但是封赏的事，似乎和它无关。

突然，鳄鱼强以迅雷不及掩耳之势，扣住了豹羽的三处大穴。

这番变故让豹羽措手不及。它全身疼痛难忍，却又动弹不得。它想张嘴争辩，鳄鱼强又适时出手，朝它小腹重重地捶打了两拳，直打得它口中吐血，并说豹羽是豹幽谷的少谷主。

蛟魔君解开豹羽的穴道，喝问它，既与煞狱宫有仇，为何还献出灵珠？

豹羽的神经似乎不受自己控制般，缓缓吐露道："我虽是豹幽谷的少谷主，却十分仰慕大王。我曾劝说豹族归顺煞狱宫，但是它们都愚顽不化。幸好大王抓走了它们。如今，我费尽千辛万苦找到灵珠，就是想表达自己的诚意。否则，我就把灵珠献给仙阙门了。"

蛟魔君听它说得合情合理，相信了七八分。但是，鳄鱼强执言强辩，认为豹羽居心叵测。豹羽耳畔闪现了几句叮咛：随机应变，保全自我。这是一门极为高深的传音入耳的功夫，旁人根本无法听到。豹羽明白有高人在暗中帮助，便先发制人，一掌拍在了鳄鱼强胸口，使它暂时窒息无法说话，故作大怒道："小人多狡辩，君子岂多言。我被大王封为头号大将军，你是心存妒忌吧。"

黑鸦非常善于察言观色，看到豹羽受到了信任，马上从旁帮腔，把鳄鱼强私自从豢养所带走黑白熊的事情抖了出来。蛟魔君听后勃然大怒，狠狠地抽了鳄鱼强几巴掌，打得它满地找牙。鳄鱼强忍住伤痛，直呼"饶命！"蛟魔君还算仁慈，看在鳄鱼强曾侍候黑蛟怪多年，又为煞狱宫立下大功的分上，便宽恕了它。但是，降低了它的职务，担任豹羽的副将，听命于它。鳄鱼强只好认命，但是它的眼睛直盯着灵珠。此时，一切荣耀在它看来，都不如小强强的性命重要。

正当蛟魔君前去羞暗池为儿子治伤时，左护法龟灵来到了，它还带来了一份礼物，就是黑鸦所说的黑白熊——熊魅。

原来熊魅在逃跑的路上，无意间撞到了龟灵，结果再次被擒获。它看到蛟魔怪一脸凶相，心中非常害怕。鳄鱼强看到熊魅，暗中叫苦。熊魅的出现，无疑坐实了黑鸦所说的实情。龟灵得知蛟魔君获得了血魂珠和灵珠两大至宝，先阿谀奉承了一番。

蛟魔君打量了一番熊魅，称赞道："这黑白熊，天资奇佳，百年难遇。若是为我煞狱宫所用，必是魔界之福。"

鹤翁见多识广，晓得这所谓的黑白熊，其实就是熊猫。它极为赞同蛟魔君的观点，并力主请它收熊魅为徒，好助长煞狱宫的实力。

蛟魔君也非常喜欢熊魅憨态可掬的样子，欣喜之余，竟然同意了。

聪慧的熊魅，很懂得见机行事。

它心想，若是能拜蛟魔君为师，不仅能保全性命，还可以学些本事伺机报仇。于是，它便跪在蛟魔君面前，行了拜师大礼："弟子熊魅多谢师父！"

蛟魔君对它的表现非常满意，亲自扶它起来。但是，龟灵却出其不意地将9根透骨针刺入了熊魅的百会、风池、晴明等穴位。

第 17 章 生吞血珠

蛟魔君对龟灵的举动，深为不解。

鹤翁忿然道："左护法此举，显然对大王极为不敬。"

"这只黑白熊鬼灵精怪，它费尽心机逃离出煞狱宫，现在又拜大王为师。如此狡诈之人，让人不得不防。这是智者所虑。"龟灵捻动两根胡须道。

黑鸦这时非常配合地拍了下脑袋，惊叫道："我想起来了，仙阙门也有一只黑白熊，如今被罚作劳役，笨拙极了。"

鹤翁纠正道："这不是黑白熊，而是熊猫，是熊科的高级分支，也属于熊族，智商比黑熊稍高一些。"

以熊猫充作黑熊，一直是鳄鱼强的心病。现在，它听到鹤翁的见解，终于松了一口气。聪慧的熊魅立刻猜到仙阙门的熊猫，肯定是熊迪无疑。天哪，我终于知道它的消息了。亲爱的熊迪，你肯定是为了救我们，才去的仙阙门。但是，它脸上欣喜的表情，出卖了它。蛟魔君施出"元葵功"将熊魅吸附至面前，伸出右掌抚慰它的头部，用煞狱宫独家洗忆神功清除了它的记忆。

蛟魔君诡异地笑道："仙阙门的那只熊猫，看来和熊魅关系非常。"

龟灵明白它的用意，向它竖起了大拇指。

怒龙山，羞暗池。

黑蛟怪正在声嘶力竭地喊叫，声音悲痛欲绝，传至数里。

为缓解疼痛，它用利爪抓挠身体，致使遍体鳞伤，鲜血四流。整个羞暗池成了一潭血水。它尚在不时地用尾巴拍打石岸，一时水花四溅，犹如喷泉，甚为壮观。蛟魔君老远就听到了儿子凄惨的叫声，它加快脚步，奔赴到羞暗池。黑蛟怪疼痛难以自持，丝毫没有注意到它的到来。黑蛟怪的神经已然失控，飞身腾起用蛟尾扫向蛟魔君，结果蛟魔君手中的黄花梨木匣子掉落在地，里面的血魂珠滚入了羞暗池。血魂珠粘到羞暗池中的鲜血，立刻释放能量强大的珠元。刹时间，整个羞暗池中的水席卷而起，飞升出一条赤色的水龙，腾绕山洞两圈。不多时，水龙又翻卷成了一个巨大的红色水球，并极速地旋转着，炙热的能量从中涌出。眨眼间，整个水球爆炸成雾，掀起的气浪将蛟魔君、龟灵、鹤翁等人翻起在半空，又重重地将它们摔在岩石上。幸好蛟魔君死死抱住了沉香木匣子，才使其中的灵珠没有受损。但是，令它们诧异的是，血魂珠却被暴怒的黑蛟怪吞了下去。

蛟魔君眼睁睁地看着它，一颗惊悸的心高高悬起，生怕血魂珠释放的能量将儿子碎裂，致使尸骨无存。到时，它白发人送黑发人，就算实现吞珠为龙的梦想，也失去了奋斗的意义。

吞下血魂珠的黑蛟怪，身体立刻充气般鼓胀起来。这正是蛟魔君所不愿意看到的。黑鸦看到此景，心中暗想，好大一个皮球啊。成了皮球的黑蛟怪，根本不受自己控制，疯狂地冲撞山洞岩石，如一枚威力强大的炮弹，无论冲撞到哪，都是碎石淋漓而落。好几次都是贴着蛟魔君等人的脑袋飞过，惊险恐怖之极。

蛟魔君撕心裂肺道："龟灵、鹤翁，你们两个老家伙，快说怎么办？"

龟灵和鹤翁受的都是皮肉伤，眼见情况危急，马上催动兽元，双手齐施形成四道巨大的力波，尝试数次之后，终于牢牢地控制住了皮球状的黑蛟怪。蛟魔君也使出强大的兽元，三人一起控制处于癫狂状态的黑蛟怪。僵持了半个小时后，黑蛟怪大叫一声，泄出浊气，喷出一口鲜血，摔倒在地。

蛟魔君撕心裂肺，痛苦万分，唯恐儿子就此死去。它悲痛欲绝，全身肌肉痉挛。龟灵眼中却露出异样的光芒，它在等待奇迹的发生。因为它晓得改变历史的那一刻，一定非比寻常，要么是万劫不复，要么是重铸辉煌。

此刻，洞中的氛围极其诡异，静寂非常。所有人的眼睛都在紧盯着黑蛟怪。如果黑蛟怪死了，魔界振兴的希望就会大打折扣。尤其是对蛟魔君来说，这个打击无疑是非常沉重的。空气仿佛一下子被抽空了，蛟魔君呼吸困难，形似窒息。它想迫出生命中最悲怆的呐喊，可惜心力难续。

突然间，一声怪叫响起，犹如海啸般。这个声音来自黑蛟怪的躯体，它挣扎着站起，每一个动作都极其艰难，能清晰地听到骨骼的脆响。黑蛟怪阴吼的声音，令人退避三舍，"好痛，好痛……"它双眼发红，似乎能喷射出火焰来。每次呼吸，都从鼻孔中冒出两股白烟。每走一步，犹如地动山摇。蛟魔君虽是它的父亲，也心生畏惧。它担心儿子就此发狂，无法控制。正当它们心惧胆寒时，黑蛟怪却再次扑通倒地。蛟魔君立刻奔了过去，趴在它的身上痛哭起来。

龟灵却乐得前俯后仰，很令蛟魔君恼怒，恨不得将它做成龟汤。但是，龟灵的解释，让它也惊喜若狂起来。原来血魂珠的珠元已经与黑蛟怪融为一体，这可是千年难遇的造化。只是黑蛟怪身体长久受伤，一时间承受不起强大的珠元，致使昏迷。如今，它们又有灵珠为辅助，不仅可以医治好黑蛟怪，而且还能使它比以前更为强大。只不过需要天书，才能有效掌控灵珠。

鳄鱼强正躲在暗处，听到这个消息，自知用灵珠拯救儿子无望,神情极为衰靡,默默地流出了眼泪,步伐踉跄地走了。走远后,它才仰天长叹:"我的小强强啊!"

鹤翁给黑蛟怪把脉后,沉吟道:"少宫主要想康复,大约需要3个月!"

"3个月?本王等得起!"蛟魔君心花怒放。这么多年都等过来了,何惧3个月。但是,3个月对豹羽来说,是一个危险的数字。在这3个月中,它要快速成长。比你邪恶的人,都在拼命努力,你怎么还好意思唉声叹气?它注视着休克中的黑蛟怪,握紧了奋斗的拳头。

但是,如果没有天书,3个月对黑蛟怪来说,也是非常渺茫的。

这天,整个煞狱宫都沉浸在欢庆之中,酒香扑鼻,热闹喧腾。

只有一个人在暗自垂泪,那就是鳄鱼强。

第18章 命运转机

庚朗山，仙阙门。

这日，万里晴空，风和日丽。溪水潺流，鸟鸣山涧，林丛分布，楼阁暗现。如此美时美景，当纵游嬉乐。但是，熊迪却行动笨拙地往返劳作。它睡眼惺忪，正往七膳房挑水。这是今天的第81桶水了。

这段时间，它每天的工作就是劈柴、挑水、择菜、洗衣。日复一日地重复着昨天的单调，毫无乐趣可言，还经常遭受仙阙门弟子的挑衅与戏弄。这些，它都忍受了过来。熊力偶尔会来探望它，向它卖弄一下拳脚，偷偷塞给它几张大饼。不过熊迪的体力渐增，力气见涨，行走如风。

一直在暗中观察它的猴靖，露出了欣慰的笑容。当年，它调皮的时候，师父火凤凰也如此调教过它。大器须晚成，大才需磨炼。它不知道的是，兔巴也一直在暗中观察它和熊迪。兔巴得意地笑了笑，暗想，臭猴子导演的这出苦情戏，别人瞧不出来，难道能瞒过我兔巴？

到了午时，熊迪终于完工，便倚在一个大缸前休憩。

这时，一个阴影笼罩住了它，它抬头一看是虎贝。

"臭熊猫，竟敢偷懒！"虎贝露出凶牙怒吼道。

熊迪"霍"地站了起来，刚想发作，又松懈下来，陪笑脸道："贝哥，我刚挑满水，有什么活，尽管吩咐。"

虎贝扫了一眼满满的水缸道："干得还可以，你现在给我——擦脚！"它说完，便把臭脚伸了出来，"把我的趾甲，也擦亮一些！"

一股浓郁的臭气扑鼻而来，熊迪为之作呕，腹中浊物恰好吐在虎贝的脚上。

"啊，好舒服！"熊迪松了一口气。

虎贝勃然大怒，抬起飞脚便将脚上的浊物丢入了熊迪口中。

熊迪被浊物呛了一下，竟然又吞入了肚子里。这下可恶心死它了。

虎贝见状乐得哈哈大笑，这才是淋漓尽致的报复。但是，它很快笑不出来了，发怒的熊猫是非常危险的。它就像一座休眠的火山，一旦被激发，后果不堪设想。熊迪被它如此羞辱，体内的兽元浑然爆发。它头撞虎贝小腹而去，速度迅猛，气势更是凌厉非常。300年兽元激出的爆发力，换作任何人也消受不起。虎贝像一枚炮弹一样冲云天而去。熊迪犹自不解恨，它从临近的兵器架中，毫不犹豫地抽出了一杆银枪，吆喝一声，便拼力掷向了半空中的虎贝。但是，它刚掷出，便后悔了。

它捂住眼睛，甚至为虎贝祈祷，汗水不觉间滚滚而出。

不多会，它听到了虎贝拼命喘息的声音，便松开了手，睁眼一看发现虎贝竟安然无恙，喜极而泣道："你竟然没事，太好了！"

它快步走向了虎贝，但是虎贝连连后退，恐惧地看着熊迪。接连几次交手，它从来没占过熊迪的便宜。尤其是这次，差点丢了性命。

熊迪安慰虎贝道："贝哥，你不要害怕。"话刚完，它掷出去的银枪，突然一下子贴着它的脚趾扎了下来，让它陡生冷汗。熊迪以为这是它咎由自取，掷出的枪扎回了自己。但是，只有虎贝知道,这杆枪是从熊迪的身后掷来的。方位拿捏之准、速度之快，让人匪夷所思，掷枪的人无疑是一名绝世高手。

虎贝向熊迪抱拳道："以往仇恨，一笔勾销。以后，我和你就是……兄弟了。"

"兄弟？"熊迪的嘴巴笑成了一朵菊花，"太好了！"

虎贝胆怯地走上前，想和它握手言和，却被熊迪一把抱住了。虎贝欢喜流涕道："我从来没像今天这样开心过……"不知道这是它的心声，还是它的无奈。它从中明白了一个道理，别瞧不起屌丝，也许它会成长为一尊大神。

熊迪对这份友谊的到来非常欣慰。

自此后，仙阙门的弟子再也没有欺负过熊迪，甚至帮它做工。

幸福来得如此突然，熊迪睡觉时都笑出声来。

不过，偷懒的毛病卷土重来，这天，熊迪竟然在劈柴的时候睡着了。

"臭熊猫，快起来！"兔巴用青竹竿敲打它的脑袋道。

熊迪被一股竹子的味道吸引住了，拼命嗅闻，却差点没有亲到兔巴脸上。

"好重的体骚味！臭熊猫多久没洗澡了？"兔巴轻松地跳在了木柴堆上。

熊迪看到竹子两眼放光，瞅了一眼兔巴道："竹子？从哪弄到的？"

兔巴不以为然道："这是鸦八送你的礼物。"说完便丢给了熊迪。

"啊，好暖心哦！谢谢亲爱的鸦八，等它回来，我一定给它做好吃的。"熊迪抱着竹子，贴在脸庞，感觉到了友情的可贵。

兔巴白了它一眼，慢条斯理道："从今天开始，你帮我在七膳房做饭！"

"做饭？"熊迪睁大了瞳孔，但是它从兔巴的眼神中获得了肯定的答案，手舞足蹈地跳了起来，"好耶！"

这天,熊迪正在切萝卜丝,半小时过去了,还没有切完。看着成筐的洗好的大白萝卜,它只能望洋兴叹。

熊迪累得满头大汗,正想休息一会,却被一只土豆砸中了它的熊掌,菜刀应声而落,差点没有掉到它的脚上。这时,兔巴突然出现了,用木棍敲打它的脑袋道:"臭熊猫,竟敢偷懒!"

熊迪不满道:"这么多的萝卜,我怎么可能一下子切完?"

"那是因为你笨!"兔巴说罢,便用木棍挑起了菜刀,操在手中。它朝菜筐中飞踢一脚,数十个萝卜腾在半空。它手起刀落,恰如雪练缤纷,但见寒光瞬闪,丝条飘飞,随刀旋舞,不消片刻,萝卜丝飞绕成一个太极图。兔巴霍地抽刀,那些萝卜丝便落成一堆小山,煞是壮观。

熊迪看得目瞪口呆,心想,这门厨艺,屌炸了。

第 19 章　功夫特训

一番动作下来，兔巴脸不红，气不喘。

熊迪倒吸了一口气，磕头就拜："师父，请收我为徒！"

兔巴却头一扭，转身扬长而去。

熊迪突然间明白，那天晚上偷走白菜的人到底是谁了。于是，它做了几道拿手的川菜，悄悄给兔巴送去。果然，兔巴品尝之后，心情大悦，答应了熊迪的拜师之请。

兔巴是仙阙门的老资格，与前任掌门火凤凰同辈，是现任掌门猴靖的师叔。它天资聪慧，是习武奇才，少年时就成为一流高手，被视为掌门继承人。但是，兔巴偏偏喜欢做饭，甚至达到了如痴如醉的境界，结果不受师父喜欢，甚至差点被逐出师门。它自请在七膳房务工，累资成为主厨，渐渐被遗忘。在这期间，它用心钻研仙阙门的各类秘籍，并与厨艺整合，形成了独具风格的厉害功夫——七谱密功。只是这些年来，无人注意它罢了。这些掌故，兔巴也无心告诉熊迪。它早已洞察世情，乐得清闲自在。它喜熊迪天性质朴，为人善良，又做得一手好川菜，而且意外获得了 300 年兽元，是以用心栽培它。兔巴看着熊迪欢呼雀跃的样子，暗赞道，谁说厨子就不能成为大侠呢，我偏要打造一个出来。兔巴就是这般个性，把别人不认可的事情，做成功给别人看。

自此后，兔巴便在厨房内专心教熊迪学习基本功夫。由于既能习武，又能学做饭，熊迪非常勤奋，很快学会了马步切菜，横扫土豆，刀削片面，移锅换灶，手到擒丸……

兔巴对此非常欣慰。

仙阙门，怡心院。

这里青山环绕，绿意婆娑，碧水生荡。远处，可画林成诗，鸣啼成音响。真是绝美之地，修心之所。兔巴背着手，把一路东张西望的熊迪引到这个地方。熊迪看到这里环境优雅，空旷非常，养心悦眼，嗅闻清芳，不由得"哇哦"一声，开心道："这里简直就是仙境！"

兔巴骂道："废话，仙阙门本来就是仙境。"它伸出盘龙木棍，想敲打熊迪几下，却被它扭动腰肢躲过，动作滑稽让人忍俊不禁。

兔巴让熊迪推开了一扇库门，结果尘埃之气扑鼻而来。熊迪忍不住干咳了几声。兔巴弹出数枚石子，那些石子像长眼睛似的拐弯飞向了控制窗户的机关，七八个窗户应声而开，阳光扑洒而入。

映入熊迪眼帘的是各式练功的器械，看得它眼花缭乱，心想，这太高端了。

兔巴随手指了两个各有800斤重的铁球，让熊迪将牵引铁球的锁链拷在脚上。熊迪依言去做，未走几步，就扑通倒地，摔了个嘴啃泥。

兔巴马上赏赐它几棍，熊迪不情愿地站了起来，使出吃奶的力气拉动铁球，结果两个大铁球乌压压地滚动而来。熊迪惊吓地闭上了眼睛。不觉间，它感觉自己的身体被抛在了半空，又一下子摔落下来，哇，腹部好痛。熊迪睁眼一看，原来它摔在了一个铁球上，是兔巴救了它。

兔巴骂道："下来，继续，练不好，别想吃饭！"

熊迪这下傻眼了。吃饭是件大事，它只能咬牙坚持。拖动1600斤重的铁球，本已足够困难，但更艰难的是如何躲过两个大铁球滚动扑身的危险。每一步，它都走得小心翼翼，不时回顾。但，每次回头，都会挨上几棍。所以，它只能凭感觉拖动，在一次次的练习中感受如何把握用力的分寸，靠纵身跳跃来躲避铁球。如此反复十多次，它渐渐气力不支。兔巴却不依不饶，强迫它继续练习。

熊迪懊恼道："师父，我累！"说完，一屁股坐在地上。

"不行！"兔巴异常严厉道，木棍暴风雨似的打向熊迪。

熊迪无力躲避，结结实实地挨了数十下，"师父别打了，我要吐血了。"它全身生痛，四肢麻木。

"继续！"兔巴厉声道。

熊迪暗骂道，真是一只咆哮兔！挣扎着站起，继续练习。

3天后，熊迪已能够随心所欲地拖动铁球，它对自己的努力非常满意。

但是，很快，它嘚瑟不起来了。兔巴又让熊迪背上了千斤重的石碑，继续练习。熊迪倍感吃力，埋怨道："师父，我练习这，和做饭有什么关系？"

回复它的，依然是木棍。熊迪老实了，不再多问，兔巴让它练习什么，它就练习什么。服从师父，少挨打，才是王道。但是，它不知道的是，如此这番练习，它体内的兽元，渐渐可以随心如意地输出，来抵抗外来的压力。不到两天，它浑然不觉负重。兔巴对它的表现，还算认可。又过了半日，兔巴为它解除了铁球，但是，启动自身功力，双手一挥将悬挂的10个铁钉板重重地丢在了地上。熊迪马上意识到什么，转身就要逃跑。兔巴抖动铁链，将它圈了回来。熊迪只好面对残酷的现实。兔巴向它传授了吐纳的功法，未及它领会，便让它练习。

于是，熊迪背负千斤重的石碑，开始在三十多米长的铁钉路上，赤脚移动。每走一步，钻心之痛深入骨髓。熊猫血漂亮地流出，串成朵朵凄美的红梅。终于，它承受不了，跳了下来，摔断了石碑，但是左脚流血不止。兔巴弹出药粉，敷在它的脚上。不多会，便止血了。熊迪泪凝道："谢谢师父！"兔巴白了它一眼，又将它丢在铁钉板上，结果痛得熊迪嚎啕大哭。

兔巴正色道："依言而行！"

熊迪猛然想起兔巴传授的口诀，心中默念，它本来极为聪明，只是较为懒惰，但是钻心之痛在迫，它强逼自己理解，结果心眼灵通，竟然自通法门。第一步，成功了。第二步，成功了。第三步，也成功了……熊迪的脚虽然还在流血，但是不再像初时那般剧痛。突然，它感觉身体沉压，又一块千斤石碑被丢在它的身上。它的双脚，差点没有被铁钉刺穿。它忍痛拔出双脚，凭借内功口诀，暗自输出兽元，结果得偿所愿。反复再三后，它已经灵活领会，收放自如。但是，石碑的数量由一而二，由二而三，渐至增加到9块石碑。它都能从容应付。

第10天后，熊迪不再练习走铁钉。它以为就此可以得到解脱，好生安逸了一晚。但是第11天，兔巴把它领到了暗箭自动发射器面前。

第 20 章　大功告成

熊迪感觉很好玩，但是兔巴启动机关，百十枚暗箭将对面的木门射穿。

"我去！"熊迪不由得汗颜失色，"这个不好玩！"它转身又要跑，兔巴连忙甩出铁链想将它圈回，但是，这次，熊迪有了防备。之前的练习，让它肥胖的身体轻如飞燕，反应机敏，动作灵巧。兔巴竟然扑空了，不过，它不恼反喜。熊迪向它调皮地吐了吐舌头。兔巴飞快地弹出 3 颗石子，击中了熊迪的 3 处穴位，使它全身瘙痒难耐。熊迪翻滚在地，双手抓痒，不住地求饶。

"练不练？"兔巴怒吼道。

熊迪连忙回答："练，我练！"

"好！"兔巴解除了它的穴道。

熊迪老老实实地走在暗箭自动发射器面前。兔巴启动了机关，但竟然被熊迪轻易地躲过了。于是，兔巴调整机括，加快了暗箭的发射速度，均被熊迪一一躲过。兔巴不断加快速度，熊迪躲闪的速度也在加快。最后，兔巴停止了加速，熊迪还在拼命躲闪。

兔巴大骂道："蠢货！"

熊迪这才觉醒，一屁股坐在地上，喘息起来。它暗想，我是怎么做到的？天哪，难以想象。我真是崇拜死自己了，要是熊魅能看到，该有多好。

第15天，兔巴把熊迪带到千旋万转机前。

千旋万转机呈木桶状，内壁插有108把锋利无比的匕首，在桶底有一枚色香诱人的竹笋。这是兔巴特意放进里面的。

熊迪看到竹笋，就伸手去拿，却被匕首割破了手指。

兔巴鄙夷道："要想吃到竹笋，要凭真本事去取！"说完，它启动了千旋万转机，木桶开始极速旋转起来，里面的匕首形成了密不透风的刀障，哪里还能看到竹笋的影子。熊迪心想，如果这般去取，自己的双手恐怕要没了。啊，不带这么玩的。

兔巴不动声色，只顾啃萝卜。熊迪瞅了它一眼，吞咽了大把口水。

"师父，这个太难了，你要是能做到，我才做！"熊迪大胆挑衅道，它认为危险系数这么高的挑战，兔巴肯定做不到。

但是，兔巴一把将它拨开，随手将桶底的竹笋拿了出来，朝熊迪秀了秀，直把它看得目瞪口呆。熊迪瘫软地坐在地上，头上冒出一阵冷汗，心想，功夫的境界原来可以达到这么高。

对兔巴不无崇拜的熊迪，走到它面前，讨好道："师父，你是怎么做到的？"

兔巴不紧不慢道:"动中有静,静中有动,动就是静,静就是动。"

"好深奥!"熊迪摸了摸脑袋道。

这次,兔巴没有强逼它,转身离开,把思考的空间留给了熊迪。

兔巴走后,库房内,静谧异常,只能听到熊迪的呼吸声。

它双眼紧盯着千旋万转机,凝神观察转速。用心察看了半天,它也没瞧出什么,反而心神俱疲。它满脸颓色道:"要是慢下来,该有多好。"

突然间,它眼睛一亮,好像明白了什么。于是,它用意念盯着千旋万转机,双眼凝视,心里想着兔巴说过的话。3天后,桶底的竹笋已经有些馊味了,熊迪依然盯着不放。兔巴欣慰道:"孺子可教也!"

这日,黄昏渐至,夕阳西落。熊迪发现千旋万转机渐渐慢了下来,越来越慢,终于停滞了下来,它抓住机会,快速出手,终于取出了里面的竹笋。而自己毫发无损,竹笋也完好。它张口就咬,却被馊味呛了出来,连连咳嗽了十几下。突然,一支新鲜的竹笋丢了过来,熊迪快活地接住,拼命咬了一口。这3天,它可饿坏了。等到它张口咬时,却感觉味道怪怪的,有馒头的味道,只不过有些清甜,却原来是一个竹笋状的馒头。

兔巴大笑道："竹笋只此一枚，这个是我专门为你做的，好吃吧？"

熊迪狠狠地吞了下去，咀嚼了一番道："还不错，只是数量少点，还有吗？"

"没了！"兔巴淡淡地说。

熊迪大叫道："我还没吃饱呢，明天再也不练功了。修炼武功这么辛苦。时光短暂，不如享受美餐。我要吃饭饭！"

兔巴没好气地举棍就打，但是，被熊迪轻易地躲过了，而且纯属是身体的自然反应。兔巴加快了攻击速度，一时间棍影奇幻，密如急雨，泼水不入，奇怪的是如此凌厉刁绝的攻击，均被笨拙的熊迪一一躲过。兔巴大感惊诧，暗想，这笨熊猫竟然比当年的它还要生猛，我得好好考较它。于是，兔巴以棍代剑，施出了仙阙门极上层的缥缈剑法。此剑法看以飘逸优美，其实变幻多端，一招七变化，虚中有实，实中有虚，速度更是奇快无比。初时，熊迪尚且能躲避，但是它腹中饥饿难耐，躲过30招后，便被兔巴一剑击中，翻身倒地。

熊迪马上像小孩子似的痛哭起来，满腹的抱怨接连而出。

兔巴心肠发软，取过一竹筐，丢了给它。

熊迪闻出香味，掀开一看，里面果然是各种好吃的。它不再哭闹，调皮地看了兔巴一眼，便张口大吃。但是，这些食物不足以果腹，熊迪竟然撕开了竹筐，扯出竹条津津有味地吃了起来。

兔巴感叹道："吃竹子，竟然吃出了面条的味道！"

"啊，终于找到了！"一个奇怪的声音传了进来。

兔巴闻声辨人，马上急飞而去，凌空一抓，抓到了几根黑色的羽毛，果然是煞狱宫的黑鸦。黑鸦奉命打探熊迪，侦察了好几天，都一无所获。现在，它终于发现了，心情激奋，不觉叫出声来。黑鸦拼命反抗，侥幸从兔巴手中逃脱。

熊迪只顾吃竹条，丝毫没在意。

兔巴将鸦毛丢在地上，骂道："臭乌鸦！"

熊迪闻言，一屁股坐起道："师父，你怎么骂鸦八？"

而这时，鸦八也正好赶到，不乐意道："你这只死兔子，怎么在背后骂人？"

兔巴白了它一眼，指了指地上的羽毛。

鸦八明白了过来，恨声道："这只臭乌鸦，真是我们乌鸦中的败类！"

熊迪见到鸦八分外高兴，对它赠送竹子的美意表示感谢。

鸦八却带来了一个坏消息，煞狱宫得到了灵珠，黑蛟怪吞吃了血魂珠。掌门人猴靖正为此大动肝火，并将虎贝、鹿荨等弟子训斥了一通。鸦八素来和兔巴关系较好，想让它为猴靖做些五宝宅心粥，免得它肝火旺盛。

兔巴沉言道："区区五宝宅心粥，是治不好臭猴子的心病的。"

往昔那场大战，如若不是火凤凰凭借焰灵珠，胜负实属难料，可是现在灵珠竟然落入了煞狱宫。兔巴瞧了瞧熊迪，心想，看来只能靠这只笨熊猫了。

熊迪对煞狱宫有切齿之恨，听到鸦八的情报后，更是义愤填膺。

鸦八尖叫道："兔巴，我们该怎么办？我可不想变成烤鸭。"它想起黑鸦曾经对它的诅咒：如果它被煞狱宫活捉，黑鸦就将它火烤了。

兔巴用木棍敲了敲它的脑袋，让它尽快找到焰珠的下落，否则，仙阙门将有灭门之灾。鸦八暗想，我绝不能让该死的黑鸦阴谋得逞，我要将它烧了。于是，它快速地飞走，寻找焰珠的下落去了。

一个月很快过去了，兔巴对熊迪的特训基本结束。

熊迪偶尔做下川菜，款待仙阙门的弟子，获得了很多人的喜爱。它的人气也开始爆棚起来。此时的熊迪，已经快速成长为一个高手，躲避能力更是得到极大提升，兔巴已经很难打到它了。

熊迪对此非常得意，于是，它的老毛病又犯了。

第 21 章　偷袭王宫

这一日，熊迪躲在柴垛旁睡懒觉，在身上蒙上了柴草，兔巴四处寻找不得。

刚巧，熊力到此方便，又臭又骚的尿液，将熊迪滋醒了。

熊迪以为又有人侮辱它，也不细看，随手劈空就是一掌，结果熊力像皮球一样被弹出十多米远。如果不是被兔巴及时化劲解救，熊力就要身受重伤了。

虽然如此，熊力还是胸口疼痛，差点昏厥过去。当它看到发力打它的是好兄弟熊迪时，震惊住了。它暗想，这小子什么时候变得这般厉害了，轻描淡写就有如此威力。这次，它偷来七膳房，正是想在熊迪面前卖弄一下最近所学的功夫。但是，熊迪的功夫似乎远在它之上。难道是在厨房干活多了，力气更大了。

熊迪发现是熊力，马上转怒为喜，快活道："熊力老兄，原来是你，最近还好吗？我好长时间没见你了唉，想死我了。"

熊力苦笑道："我也想你了，兄弟！"

熊迪走上前和它抱在一起，但是熊力却暗暗运劲，想试探一下熊迪的功夫。熊迪的兽元已能自然反应，身体一受到威胁，马上自行输出抵抗。强大的兽元将熊力再次弹出。这次兔巴没有出手救它。熊力挨了一阵好摔,地上出现了一个坑。熊迪对它刚才的举动,感到莫名其妙,但看到好兄弟被重重摔出,立刻跑了过去。

熊力挣扎着爬起,指着它道:"好你个熊迪,竟敢偷学武功,你犯了本门大忌!"

"我……没有……"熊迪无语道。

兔巴感慨万端:"世间诸般烦恼,竟是见不得人好。"

熊力被它一顿抢白,嗫嚅道:"我……是为熊迪的进步感到高兴。"

兔巴责问它道:"那你还告状吗?"

熊力明白它是蛰伏的高人,拼命摇头道:"不会的。我和熊迪是兄弟。"

熊迪高兴道:"师父,它是我的兄弟,不会出卖我的。"

"兄弟就是用来出卖的。"兔巴转身离开了。

熊力愤怒地盯着兔巴的身影,看了一眼,吐了一口唾沫。

熊迪自言自语道:"我们是兄弟,我们是兄弟……"

一阵凉风吹来,熊迪打了个哆嗦。

七膳房内,兔巴开始运功做饭,却感觉身体不适。

原来它是旧疾复发。20年前,它强练碧元游霞功,好抵抗盛气凌人的黑蛟怪,如果不是火凤凰运功为它疗伤,它就走火入魔了。它虽然保住了性命,但是再不能大行运功。上次,它偷袭蛟魔君,已经使顽疾复返。最近,它为训练熊迪,精力受损,伤势已然加重。

当年,火凤凰也因为救它而导致功力受损,结果在和黑蛟怪的打斗中,不得不强提仙气,耗尽了毕生兽元。虽然借助焰灵珠,催动了"六昧玄火",将黑蛟怪烧成了重伤,而它也因此仙去。这件事,一直让兔巴非常自责。

兔巴呢喃道:"不能再等了,我的时间有限!"

它透过窗子,看到了蓝天处一片云霞,像极了火凤凰。

怒龙山,煞狱宫。

高空中的太阳像得了感冒似的,阴黑发沉,乌云暗布。

熊魅被人送到了癸阖府,也就是龟灵的府邸。

满腹心事的鳄鱼强带了厚礼来拜访龟灵。

小强强的病情,由鹤翁暂时用药物压制,但依然有生命危险,鳄鱼强明白唯有灵珠可以治好儿子。可是一想到蛟魔君的脾气,鳄鱼强就心生寒意,它想通过鹤翁求情,却被断然拒绝了。鳄鱼强只好求助龟灵。

龟灵晓得它的用意,看到礼物也颇为丰厚,不是金银珠宝,就是名贵药材,满满的十几箱。龟灵收下了它的礼物,捻指一算为它指出了一条明路。

走出癸阊府后,鳄鱼强暗暗发誓:小强强,爸爸一定会拼了命救你!

紫鑫城,狮王宫,凝脂殿。

一弯新月挂在斜空,殿内透来缕缕银光。

狮玟公主卧在沉香木床上,枕着昆仑玉枕,抱着可爱的熊猫布偶,在檀香的熏染下,睡得甚为安详。一时风吹帐动,满室生香。

突然,檐墙上出现了数十名身手矫健的蒙面刺客,为首的正是鳄鱼强。它发出号令,让下属广造声响,使整个狮王宫一片大乱。鳄鱼强带人跳下檐墙,分头解决了殿外侍卫,进入了凝脂殿,直奔狮玟公主的罗帐。未等它掀起罗帐,身上便挨了一剑。原来狮玟公主已经惊醒,正等待时机挑隙反击。鳄鱼强忍住痛,和狮玟公主缠斗上了,所带3名高手也分击进攻。一人攻左,一人攻右,一人自上而击。狮玟公主四面受敌。由于罗帐空间有限,狮玟公主武艺虽高,却无法尽力施展。数十余招过后,狮玟公主便受了几处伤。睡床上,鲜血四溅。

这时,狮王宫内,噪声起伏,哭声聒噪。混乱中,难分敌友。但是,老狮王见乱而静,沉着异常,它唤来一干侍卫统领,立刻做出决断,分头迎敌。

火海中，一队侍卫杀来，专为救助狮玫公主。

鳄鱼强晓得情形不妙，而且目的已经达到，便见好就收。

狮玫公主见它们想逃，也不依不饶，跳出睡床，紧急追赶。

鳄鱼强逃出凝脂殿，便吹起口哨，呼唤人马撤离。突然，寒光一闪，狮玫公主的宝剑飞来，恰好斩中了鳄鱼强的尾巴。此刻，侍卫们蜂拥而至，鳄鱼强见势急，便断尾自保，忍痛逃离。

狮玫公主由于失血过多，昏迷了过去。

第 22 章　七谱密功

庚朗山，仙阙门，七膳房。

掌门人猴靖整肃了门规戒律，一边抓紧御敌训练，一边派大批得力弟子寻找焰珠的下落，因此，七膳房没有了平时的热闹，甚至变得冷清起来。吃饭的时间到了，仙阙门的弟子也没有如期吃饭。它们都知道仙阙门到了生死存亡的时刻，都在各司其职，用心习武。

熊迪却在厨房内睡觉，兔巴见到后，怒不可遏。

"啊，竹子，多美味啊！"熊迪正在做梦，口水都流了出来。

兔巴更是怒火中烧，用木棍猛抽了它两下："蠢笨的熊猫，快起来！"

熊迪此刻正梦见和熊魅幽会，忽然，感到身体疼痛，又听到怒叫，忙从梦中惊醒。

"师父？"熊迪不好意思地站起身。

兔巴瞪大眼睛道："仙阙门到了存亡之刻，你还有心情睡觉，马上去练功！"

熊迪见它暴躁如雷，马上拔腿就跑。

兔巴喝令它回来，让它在七膳房内练功。

"在厨房？马步切菜，移锅换灶，手到擒丸，刀削片面……这些功夫我都学会了。不信你看！"熊迪操起菜刀，手起刀落，将一颗土豆片刻切成了丝。

兔巴怒瞪双眼，恨铁不成钢道："这只是皮毛，真正的训练，今天才刚刚开始。从今天起，你的生活不再是梦中的天堂，而是人间的地狱。"它说完，眼中喷出两团火球，直袭熊迪。熊迪躲闪不及，被火烧上了身，上下扑打起来。兔巴冷眼瞧着它，恨不得火烧得再旺一点，好给它一个深刻的教训。熊迪灵机一动，想到了水缸，却被兔巴断了后路。兔巴弹指就将水缸打得稀烂，水流了一地。

"师父，你想吃熊掌吗？我的熊猫掌不好吃啊！"熊迪皮毛着火，很是疼痛。

兔巴见烧得差不多了，使出一衣带水功，那地上的水便飞练似的围缠住熊迪全身，瞬间将火熄灭了。兔巴叹了一口气，转身离开了，却丢给它一本书。

癸阁府，龟灵正在痛斥鳄鱼强。

鳄鱼强耷拉着脑袋，不知道错从何出，它的尾巴还在流血。

"狮玫公主是老狮王的掌上明珠，还是猴靖最喜爱的女弟子，你竟然不把它抓来。瞧你这德性，亏你还有脸回来！"

龟灵怒骂道。

鳄鱼强发指眦裂，疯狂吼道："龟灵，我可是照你的吩咐做的，弄伤狮玫公主，就赶紧撤离。我做到了，尾巴也断了，你竟然无视我的付出。"

龟灵冷笑道："你的臭尾巴，丢在了狮王宫，你懂吗？老狮王为了报仇，定会和仙阙门建立更亲密的联盟，他们强强联手，势力会更强。这都是你造成的！"

"我可是照你的吩咐做的。"鳄鱼强依然强调这句话。

龟灵跳起身来，给了它一巴掌，而后飞身跳到宝座上，鄙视道："怪不得大王不喜欢你，长官犯了错，你连顶罪都不会。真是蠢笨！"

由于这次行动暴露了煞狱宫的行踪，又助长了仙阙门的势力，龟灵被蛟魔君训斥了一顿。老狮王虽然和仙阙门亲近，甚至把心爱的狮玫公主送入仙阙门学艺，但是，它的真实目的是想让煞狱宫和仙阙门争斗不息，相互制衡，以免一方坐大，威胁它的统治。眼下，煞狱宫势力膨胀，竟敢袭扰紫鑫城，打伤狮玫公主，和至高无上的皇权相抗，这让它非常震怒。老狮王已经抛弃了以往的制衡策略，开始联手仙阙门，共同对付煞狱宫。龟灵本想立功，却挨了一顿批，便拿鳄鱼强出气。

鳄鱼强终于缓过神来，忙赔礼道歉："护法大人，是小的不对。您大人不记小人过，宽恕我吧。"

龟灵狂傲道："宽恕你可以，但是你家的小强强，我可无能为力了。"

"啊，护法大人，您一定救救我的儿子啊。我儿子需要灵珠救命啊。"鳄鱼强立刻捣蒜般地拼命磕头。

龟灵点燃了水烟袋，吧嗒几口道："晚了，灵珠，那是给少宫主用的。"

鳄鱼强听罢，一时气血攻心，昏迷了过去。

龟灵命人把它丢进了府外的阴沟中，外面狂风大作，暴雨倾盆。

庚朗山，仙阙门，七膳房。

凝神聚气的兔巴，正孜孜不倦地向熊迪传授武艺。

兔巴精研仙阙门的奥妙武功，又深谙7大菜系的厨艺，经数十年努力，将两者合二为一。它研创的七谱密功，属古往今来独具一格的神功，虽不敢自称第一，也应居三甲之列。七谱密功内有煮、腌、熏、醉、焖等36种功法，每种功法奇幻莫测，伤人于无形，每习完一种功法，兽元也会有新的进境。外有炸、炒、烩、煸、炝等72式，每式有九般变化，皆刁狠准快。内功和外功，相辅相承，互力促进，有7层境界。

熊迪听完兔巴纷繁的解说后,顿觉脑壳疼。兔巴也说得口干舌燥。熊迪忙给它倒了一碗茶水,兔巴一饮而尽。

"你记住了没有?"兔巴用期待的目光看着熊迪。

熊迪苦恼道:"师父,你讲的内容太多,我的脑子消化不了。你能不能慢点,就像我吃竹子一样,一节节地吃,直到把整个竹子吃完。"

"你说的有道理。"兔巴感觉心口疼痛,强行忍住,"不过,我没有这么多时间,你必须记住。"

熊迪后退3步,叫道:"唉哟,我去,要记这么多,有没有搞错?"它心想,要记住这些东西,不知要牺牲多少脑细胞,少吃多少美食,太不划算了。它不知道,若是七谱密功传出江湖,会在武林掀起多少腥风血雨。

熊迪不好意思地看着兔巴,说:"师父,我已经能轻松打败虎贝了。有句话叫知足常乐,我对现在的自己非常满意。所以,我……"

"熊迪,你可知道,这是我大半辈子的心血,功法之深,招式之妙,变化之多,威力之强,称得上仙阙门的顶尖秘籍,仅次于天书。"兔巴暴跳如雷道。

熊迪闻听"天书",不觉眼睛一亮,故作好奇道:"师父,天书比这厉害，我何不直接学天书呢？要学就学最顶级的！"

"有志气！不过，天书已失传二十多年，那只臭猴子，也没有学到天书，更何况是你。"兔巴感慨道。

熊迪心中乐道，我就知道天书这么厉害的武功，不是凡人能轻易学到的。

兔巴本想用嫁忆神功，帮助熊迪记住七谱密功的秘籍，但是如此一来，它就要耗损兽元，对它的身体极为不利。

第 23 章　虎鹿争雄

仙阙门，玄尊殿。

肃穆的大殿，比往昔更加凝重。每个人的脸上，都布满了阴云。

虽然老狮王加强了同仙阙门的联盟，并派出大批人马帮助寻找焰珠，但是，它的真实用意，谁也摸不准。焰灵珠一珠化二，分别丢失，早已不是什么江湖秘密。眼下，灵珠被煞狱宫所得，投靠煞狱宫的邪恶人士趋之若鹜。别有用心的江湖中人，都在试图得到焰珠，一时纷争四起。最近，时不时地有假焰珠出现，腥风血雨愈演愈烈，眼看将引起整个武林更大的动乱。

鹿荨认为假焰珠的出现，很可能是煞狱宫设的障眼法，也有可能是老谋深算的老狮王制造的迷雾，好混淆视听，以转移江湖各路寻珠人的视线，以防被它们所得，而它们则暗中寻找真正的焰珠。

虎贝非常赞同鹿荨的观点，煞狱宫的障眼法，只能欺骗愚蠢的武林宵小之徒，真正的智者是不为所动的。它们要么隔岸观火，渔翁得利，要么谨小慎微，明察秋毫。

众弟子一时纷嚷起来，都痛骂制造假焰珠的人用心险恶。

掌门人猴靖对整个武林动态洞若观火，它暗讽了弟子们，因为那几颗假焰珠，是它让鸦八四下投放的。虽然这样做，会引起武林纷争，却也是无奈之举。焰珠，无论如何也不能落入煞狱宫手中，否则它将会是仙阙门的千古罪人，它不想让仙阙门毁在它的手中。它看到弟子们对煞狱宫用尽了污蔑之词，把煞狱宫的祖宗18代都骂了个遍，便怒火中烧地中止了它们的争吵，提出谁若是找到焰珠，便是仙阙门的最大功臣，它就将邀仙剑法传授给谁。

众弟子听到后，个个震惊不已，但很快蠢蠢欲动，甚至跃跃欲试。它们都知道，邀仙剑法只有掌门候选人才有资格学习。这个诱惑，实在是太大了。

正在这时，熊力姗姗来迟。

虎贝挺身怒起，一招漂亮的虎尾鞭将它抽倒在地。虎贝向来视掌门为自己的囊中物，一直以掌门候选人自居，平日里没少在众师弟面前耀武扬威。现在，猴靖提出此议，那么它的掌门候选人的资格就有些岌岌可危。因此，它想借教训熊力，来发泄自己内心的不快，更想以此暗示众师弟莫要与它相抗。

鹿荨明白它的意图，微微轻笑一下，上前扶起了熊力。它的这番举动，引起了众师弟们的秒赞。温柔有时比武力更能征服人心。熊力感激地看了它一眼，内心暖暖的。

虎贝认为鹿荨这是在挑衅，抓住它的脖子道："我教训熊力，要你多事！"

但是鹿荨双脚齐出，出其不意地踢中它的小腹，结果虎贝被摔了个四脚朝天。虎贝万万没有想到它竟然敢对自己出手，让自己在众师弟面前当场出丑，不禁勃然大怒，翻身而起，马上以平生绝技虎卷风云还击。这是猴靖根据它的个性特点，亲授它的仙阙门极为厉害的功夫，本叫云龙风虎，虎贝感觉不够霸气，私自叫作虎卷风云。它对付熊油时，尚不敢轻易使出。现在，它正愤怒，情急之下使出此功，威力更是非同小可。9处力波，分别从9个不同方位，实施攻击。大殿内，风起窗动，杀气腾腾。鹿荨知道此功的厉害，也使出得意功夫鹿转苍穹，这也是猴靖亲授的功夫，威力虽然不及虎卷风云，却拥有36路身法，动作巧妙，躲闪避让，极为迅速，可以轻松躲避对方的掌力。

仙阙门的弟子们，忙退在两旁观战。

突然，两道鞭影闪过，虎贝和鹿荨各自挨了一鞭子。

猴靖怒视它们道："焰珠还没有找到，你们就内讧了，真让亲者痛，仇者快。罚你们在七膳房务工3日，其余弟子各负其责，专心训练，暗访焰珠。"

虎贝和鹿荨对视一眼,怏怏不快地退下了。

熊力心想,它们都好厉害,我一定要从熊迪身上获取七谱密功,成为高手,让虎贝不再轻视我。这样我还可以救出被煞狱宫关押的熊族了。原来,它偷听了兔巴和熊迪的对话,晓得了这门极为厉害的武功。

熊力看着窗外的蓝天白云,昔日熊族幸福生活的场景,仿佛又出现在眼前。

它的眼角泪花闪烁。

第 24 章 换忆神功

怒龙山，癸阁府，龟灵的寝殿。

此殿由上等的金丝楠木打造，数十颗夜明珠为灯，殿内熠熠生辉。沉香木床镂金饰玉，各色花纹极为精美。地面是用数十块一尺见方的寒玉砖铺成的，走在上面凉爽无比。这些寒玉，是鳄鱼强四处搜罗所得，献与龟灵。鳄鱼强被龟灵丢出府外后，被暴雨淋醒，自此痛定思痛，反过来一心讨好龟灵，献出了很多奇珍异宝，重新讨得了龟灵的欢心。龟灵被贪欲所惑，为它指点了些迷津，让它继续为自己所用。龟灵的这座寝殿，其奢侈程度，相较蛟魔君的大殿，有过之而无不及。

龟灵徘徊其间，惬意无比。它唤来了熊魅为它捶腿，可惜它的腿小，而熊魅的掌大。龟灵只好作罢，它让熊魅跪在地上，擦抹玉砖。它暗想，帝王般的生活，也不过如此吧。但是，老狮王的日子，可不能这般好过。想当年，我考取了齐云国的状元，它竟然嫌弃我长得丑，将我丢进了宫内的玄武池。当年，它在我心里插入了一根针，现在，我必须在它的心头扎上一根钉子。老狮王啊，老狮王，既然我不能成为你的左膀右臂，只好成为你的末日灾害。我要让你明白一个深刻的道理，你不把别人当回事，将来它会成为你的噩梦。

它打量了正在专心擦拭玉砖的熊魅，盘算了起来。

现在的熊魅，被洗去了记忆，如同一具行尸走肉，只知道干活。片刻后，龟灵吩咐它饮下了一杯茶，结果它滚倒在地，现出极为痛苦的症状，很快昏迷了过去。龟灵使出换忆神功，给它的大脑重新换入了一套记忆。一个时辰后，恢复常态的熊魅神色素雅，面目淡定。龟灵也累得全身汗水淋漓，不过它对自己的换忆手术很满意。接着，它带熊魅进入了密室，开始对它进行秘密特训，传授给它三招"龟仙剑法"，并代蛟魔君传授给它一些武功。

3天后，焕然一新的熊魅纵起轻功，从癸阖府飞速离开了。

紫鑫城，狮王宫，玉宵殿。

但见琉璃铺顶，玉柱金梁，青石铺地，龙飞凤翔。

殿内空阔，种植着青杉绿树与四季花卉，清风徐起，四壁生辉。这玉宵殿乃是狮玫公主平日练功的地方，上次遇袭后，它暗自恼怒，练武之心更盛。老狮王一再想给它重新物色保镖，均被它推辞了。

此刻，它剑舞银花，叶落纷繁，俨然如密雨。它大喝一声，纵横挺刺，左右挥霍，银光闪亮。剑势随风而行，游步若金凤。身影奇快，回转如空中雪舞。它显然是得了仙阙门猴靖的真传。

不过，这样的剑法，很适合在纵横捭阖的地方施展。它上次也是吃了这方面的亏，被限制在狭小的空间不得施展。它很想再次上山，到仙阙门重新学艺，无奈老狮王不允许。

突然，一片迅疾的叶子向它袭击而来，那来势犹如利刃，破风生威。

狮玫公主毕竟出自名门，忙还剑迎击，结果剑身被树叶击穿而断。狮玫公主的这把宝剑，可是仙阙门掌门猴靖所传，端的锋利无比，却还不如一片小小的树叶。这让它非常震惊。

更让它震惊的是，面前出现了一个熟悉的人。

"熊迪，是你吗？"狮玫公主惊喜道。

但是，来人并不是熊迪，而是熊魅，它摘下了黑纱丝帽，露出了本来面目。它抱拳道："我叫熊魅，无意冒犯公主，还请恕罪。"

"哼，你毁了我的宝剑，我要杀了你！"狮玫公主见它形貌和熊迪无异，以为是熊迪的相好，加之宝剑被它毁弃，两下生气，自然是拳劲非凡，呼呼生风。

熊魅冷笑道："厉害的拳法，从来是寂寂无声的，伤人于无形。"它随风就势，身影如幻，突然游走在狮玫公主身后，冷不防地打了它一掌，结果将它打得鲜血喷出。

"好厉害，你究竟是谁？"狮玫公主用香帕擦去了血痕，直盯着它道。

熊魅依旧抱拳道:"我叫熊魅,想做公主的保镖和陪练,不知可否?"

"可……可以,你还算……够格!"狮玫公主腼腆地点了点头。

熊魅施礼道:"多谢公主,我一定舍命追随左右!"说完,它飞掷给狮玫公主一封信。

狮玫公主拆开一看,却是豹羽的,里面尽是别来思念之苦。其实这封信,是龟灵假借豹羽口吻所写,它早就对豹羽有所怀疑。狮玫公主想到豹羽,脸色不觉羞愧起来。它一开始明明倾慕的是豹羽,却因熊迪的出现,而移情别恋。哪知豹羽对它用情甚深,至今没有忘记它。

"你认识豹羽,它现在哪里?它还好吗?"狮玫公主急迫地问它。

熊魅不动声色道:"它在哪里?我不能告诉你。但是,它很好,让你勿念,如果得报大仇,它自来和公主相见。"

狮玫公主感慨道:"希望它早日如愿。"

自此,狮玫公主对熊魅的身份不再怀疑,反而视它为心腹。

第 25 章　盗取秘籍

怒龙山，煞狱宫，凶魔洞。

蛟魔君起先不喜府邸建筑，专司在凶魔洞中居住，受龟灵、鹤翁影响，在洞中大兴土木，一时建得穷工极丽，气派非凡。洞中幽深旷达，所经之处，皆有长明灯照亮。七回八转的回廊，让人看得眼花缭乱。渐渐的，它喜欢上了这种生活。

这日，天色晦暗，阴风汹涌。

突然，有一个身影像鬼魅般，在回廊内出现。

它就是豹羽，自从成功打入煞狱宫后，一直居住在鹤翁的府邸。表面上，它看似行动自由，暗中却有人专门监守。它欲去豢养所，探望被关押的父母亲朋，也不得。外面的风，愈来愈大，时有树枝摧折的声音。豹羽一直在用心谋划，等待这样的天气。机会总是留给有心的人。它悄然打昏了看守，脱身而出。但是，它不知道的是，它一出府，就被鳄鱼强盯上了。为了救自己的儿子小强强，鳄鱼强拼命讨好龟灵，哪怕它对自己只是利用。当然，它也忘不了那个暴雨之夜，它从阴沟中挣扎爬起，脸上流的不知是雨水，还是汗水。它踉跄着回到鄂岳府，闭门不出，大思大悟，终于解惑。它命人四处搜罗，用重宝打动龟灵。它明白，只有用足够的金钱收买别人，才能实现自己的欲望。但是，龟灵咬了它的鱼饵，它也上了龟灵的钩。

龟灵始终怀疑豹羽投靠煞狱宫的诚意，它晓得鳄鱼强敌视豹羽，便命它暗中监视。豹羽已暗中得知，煞狱宫最厉害的武功是魔咖功。它认为打败敌人最高明的方式，是用敌人的武功打败敌人，打得它心理崩溃，才是真正的胜利。

此时，已到丑时，鳄鱼强深有困意，暗赞豹羽真是聪明，懂得在看守睡得最死的时候开始真正的行动。虽然如此，豹羽每走一步依然瞻前顾后，谨小慎微。它也不是没头的苍蝇，四处乱窜，而是直奔幽澜阁。这是蛟魔君就寝的地方，它竟然去了那里。鳄鱼强开始打哆嗦，它知道蛟魔君最讨厌别人打搅它的美梦。曾经有护卫进去给它盖被子，结果被它生吞了。自那以后，煞狱宫都盛传蛟魔君晚上做梦的时候，会吃人。这个豹羽真是胆大包天，难道它不怕死吗？鳄鱼强很怕死，便止步了。它心中也生了羞愧之意，豹羽可以冒死去干自己想干的事，而它却不能冒死为儿子偷取灵珠。它打了自己一个耳光，转身走了。但是，它这记耳光，却让豹羽听到了，它差点因此撞倒一个巨大的花瓶，幸好它用身体挡住了。

豹羽经常细心观察，得知魔咖功藏在蛟魔君身上，也就是在它腰间用金链悬挂的球形木匣子中。这个木匣子，有拳头般大小，是用上等的金丝楠木精工做成的，饰以金龙腾飞的花纹，镶嵌着黄金、钻石、美玉，十分的名贵。对于蛟魔君来说，最为珍贵和最为重要的东西，应该放在自己眼皮底下才是最安全的。但是，最安全的地方，往往也是最有漏洞的地方。豹羽认为，一个人如果对一件东西太过在意，时日久了，就会变得麻痹大意。它打的就是这个算盘。

豹羽终于小心翼翼地来到了幽澜阁，蛟魔君果然在沉睡。豹羽每走一步，就像在高空中脚踩钢丝一样，几步的距离，愣是走了十多分钟。慢慢地，慢慢地，它来到了蛟魔君身旁，却被它吓了一跳。原来，蛟魔君正睁着眼睛看着它，豹羽惊恐地呆住了。但是，蛟魔君并没有大发雷霆，将它抓起，撕成碎片。豹羽松了一口气，蛟魔君原来是睁眼睡觉。

它小心地取下了木匣。突然，一双手抓住了它。豹羽惊吓出一身冷汗，脸色都变了。但，这只是蛟魔君睡梦中的一个习惯性动作，它依然在沉睡。如此一来，木匣还在蛟魔君手中。豹羽愁思之时，计上心来，便用自己的豹须搔弄蛟魔君的手掌。果然，蛟魔君受不了瘙痒，手松动了，木匣掉落下来。豹羽正想抓起时，外面响起了一声惊雷，它的动作慢了，球形木匣滚落在地，溜了出去，不知所踪。这时，蛟魔君更是一屁股坐起，差点没有把心惊胆寒的豹羽吓尿。豹羽屏住呼吸，汗水却滚滚而出,衣服都浸湿了。时间仿佛在那一刻停滞住了。但是,蛟魔君哈了一口气,又倒在床上睡着了。豹羽虚惊一场。片刻之后,豹羽取出了随身所带相似的木匣,悄然置换上了。布置完后,它蹑手蹑脚地离开了。

等到它去寻找真正的球形木匣时,却发现鳄鱼强正对它灿烂地笑。

第 26 章　挑拨离间

仙阙门，七膳房，天气干燥，没有丝毫的风。

熊迪待在柴房内拼命喘气，暗想，这个老兔子实在太欺负人了。

原来熊迪死活不愿意学七谱密功中的武功，兔巴就想到了一个法子，它给熊迪设了一个巧妙的圈套。只要熊迪学会一样武功，便可以享受一筐新鲜的竹笋。因为有竹笋可吃，熊迪想也没想就答应了。连续学了15天后，熊迪已经掌握了徽菜、湘菜、粤菜、苏菜、浙菜、闽菜中蕴藏的精妙武功，"烹杀三十二式"学得登峰造极，"降魔十扒手"练得撼天动地，"冷糟热熏指"耍得惊世骇俗，"醉倒八仙拳"使得出神入化，"稳爆胜涮掌"打得炉火纯青……这些高深的武功，若是凡人来学，每一样都要学个三年五载，而熊迪有300年兽元，又经受了兔巴一个多月的特训，而且它确实是百年难出的习武奇才，兼之每日有大筐的竹笋诱惑着，熊迪也学得极为投入，不几日就小有成果，再经兔巴点拨每一样学起来都有很大的进境，稍加温习巩固竟然招招老辣，拳拳出彩，掌掌生威。但是，等到兔巴向它传授七谱密功最高层鲁菜系中的至高武功时，它坚决不学了。因为熊迪无意间发现,这些所谓的竹笋,其实是兔巴用大青萝卜精雕做成的，只是不知道它用了什么烹调手段，吃起来竟然有浓郁的竹笋味道。遭受蒙骗的熊迪，感觉自尊心受到污辱，和兔巴赌气不学了。但是，它又怕兔巴发威打它，只好躲在木柴堆中。

被罚作苦力的虎贝进来搬运木柴，随意一丢，一根尖锐的木柴扎中了熊迪的大腿，尖叫声惊吓住了虎贝。虎贝发掌将木柴四散打飞，结果看到了躲藏其间的熊迪，大笑道："我以为是煞狱宫的奸细呢，原来是兄弟你啊。"

"嘘！"熊迪一边紧张地看着它，一边收拢木柴堆在身上。虎贝左右巡视，不明白它在害怕什么。它听到咳嗽一下的声音，忙转过头看，结果发现兔巴正怒瞪熊迪。不巧，鹿荨走了进来，脚下一滑，竟然将打来的两桶水泼在了兔巴身上。熊迪看到兔巴的糗样，忍不住大笑起来。它这一笑，身上的木柴纷纷掉落在地，露出了它肥硕的大肚子。

"出来！"兔巴咆哮道。

虎贝这才明白，让熊迪害怕的人，竟然是兔巴。

熊迪懒洋洋地站起来，挠了挠后脑勺，不好意思地笑了起来。

"罚你挑满108缸水，劈柴两万斤！"兔巴怒吼道。

熊迪大叫道："是！"它不明白兔巴为什么这般生气，毕竟七谱密功中的武功，它已经修炼到了六层境界了。但是，它很快从兔巴的眼神中，看到了一句话——恨铁不成钢！

虎贝和鹿荨一听兔巴如此吩咐，立刻击掌欢呼。这样它们就不用做工了。

但是，等到它们击完掌后，虎贝和鹿荨发现，熊迪竟然不翼而飞了。

同时不见的，还有兔巴。

它们面面相觑，大惊失色。

不多时，外面响起了震耳欲聋的巨响。

虎贝和鹿荨急忙前往探看，却发现熊迪飞在半空，双手翻飞，齐使掌力，用稳爆胜涮掌打得石破天惊，一时间碎石如雨。原来熊迪在半山坡中开出了一道流渠，想将山腰间的一泓甘泉引到七膳房。

鹿荨赞道："如此厉害的掌法，真是平生所未见。看招式不像是本门武功，但是掌理又和本门掌法相通，只是威力更甚。这个熊迪，真让人刮目相看。"

虎贝联想到和它数次相斗，均没有占到便宜，如今才有所悟。只是如今的熊迪，比起初见它时，更要厉害几十倍。它心想，仙阙门中定有隐逸的高手，在暗中传授它武功，而且和上次救它的人，应该是一个人。只是这个高手，究竟是谁呢？难道是——怎么可能？

有了泉水引入，不到半个时辰，缸缸水满四溢。虎贝和鹿荨拍手叫绝。这样的好主意，怎么它们从来没有想到呢？

熊迪又纵身飞至两棵粗壮的老树旁，使出烹杀32式，摧枯拉朽般地将茂盛的树叶打得落英缤纷，虎贝和鹿荨都看得呆若木鸡，暗暗称道。熊迪接着使出降魔十扒手和冷糟热熏指，将成条的木柴从坚硬无比的树干中撕肉般地扯了出来，不多时，两座小山似的木柴堆便出现在眼前。熊迪"吆喝"一声，两棵失去支撑的树干便丢了魂似的，倾倒在地上，软瘫成两张树皮。

虎贝和鹿荨猛烈地鼓起掌来，对熊迪是钦佩不已。

"熊迪这般厉害，不知道将来的仙阙门掌门，会不会是它？"不知何时熊力冒了出来，幽幽地说。

虎贝和鹿荨对视了一眼，心中如打翻了五味瓶。

熊力心中不无妒忌，暗想，这七谱密功果然厉害，我一定要得到。

第27章 窃取灵珠

怒龙山，滴水洞，羞暗池。

洞内阴暗，水气弥漫，涵风澎湃。

灵珠置放在内壁凿洞中，正隐约释放蓝光粼粼的珠元。

黑蛟怪浸泡在池水中，闭目休养，正运功吸纳。通过近两个月的治疗，黑蛟怪的外伤基本无恙，内伤却依然如故。聪明睿智的它，从龟灵和鹤翁隐晦的对话中，已然知晓没有天书，内伤离修复还很遥远。但是，它天生不信邪，它要靠自己吸收灵珠的珠元。当初，人人都认为它吞噬血魂珠后会暴死，但是它不仅存活了下来，还拥有了比以往更强大的兽元。方法总是人想出来的，只要用心参悟，不难找到借助灵珠疗伤的法门。

此刻，它已进入浑然忘我的境界。

这时，静候时机的豹羽和鳄鱼强，悄然来到了。

原来，鳄鱼强用球形木匣中的魔咖功秘籍威胁豹羽，胁迫它盗取灵珠，好救治儿子。豹羽万般无奈只好应下。起初，豹羽打算让鳄鱼强抱来小强强，一起潜入山洞，希望得到灵珠的恩泽。因为灵珠遇到病伤，就会自动释放微弱的珠元。但是，小强强由于病痛难忍，经常间歇性哀叫，危险系数太大，因此，豹羽和鳄鱼强经过商议，决定冒险盗取。

豹羽和鳄鱼强潜伏在洞中，用心观察。鳄鱼强眼看灵珠近在咫尺，唾手可得，却只能远观而不能盗取，心中躁动不安。突然，山洞顶上的滴水，落入了它的鼻孔，它难受不过，打了个喷嚏，立时惊醒了正闭目运功的黑蛟怪。受到惊扰的黑蛟怪体内兽元乱窜，剧痛难以忍受，一下子发起威来，蛟尾横扫，所到之处，皆石落水溅。鳄鱼强忙现身跪下求饶。

豹羽心中痛骂鳄鱼强成事不足，败事有余。面对如此危险的境况，它只能静观其变。它暗想，如果能借黑蛟怪的手杀死鳄鱼强，那再好不过了。

突然，蛟魔君到来了。它看到狂癫中的儿子，立刻运功遏制。

鳄鱼强看到蛟魔君竟然出现了，登时吓尿了，浑身颤抖不已。

豹羽小声怂恿道："鳄鱼强，你还愣着干什么，现在是绝佳的机会。得到灵珠后，你就赶紧跑，离开煞狱宫！"

紧张状态中的鳄鱼强，竟然想也没想，就直奔灵珠而去。但是，它太激动了，脚下一打滑，结果跌进了羞暗池，恰好被黑蛟怪的尾巴扫中，拍打到洞壁上，口吐鲜血，昏厥过去。

豹羽抓住机会，和蛟魔君一齐运功，遏制黑蛟怪的癫狂。蛟魔君感激地看了它一眼。豹羽扫到了它腰间的假球形木匣，心想,迟早一日,它会发现破绽,如果……想到这,它计上心来。处于癫狂状态中的黑蛟怪,口吐白沫,牙关紧咬。一条血舌伸出,却被牙齿咬破,鲜血淋漓,惨状不忍直视。豹羽急呼蛟魔君赶紧用东西嵌住黑蛟怪的嘴巴,否则它的舌头会被咬断。蛟魔君可不希望有一个哑巴儿子,但是,它正运功抑制儿子的癫狂,腾不出手来,便让豹羽不惜一切代价救助黑蛟怪。

豹羽等的就是这句话"不惜一切代价",它用豹尾扫下蛟魔君腰间悬挂的假球形木匣,快速操在手中,又飞身靠近黑蛟怪,用力撑起它的嘴巴,将木匣嵌入了它的口中。黑蛟怪的癫狂,果然减轻了好多。但是,由于球形木匣本自光圆,加上黑蛟怪唾液的润滑,不到片刻,木匣竟然溜进了它的肚子中。

"我的魔咖……算了!"蛟魔君虽然痛惜魔咖功秘籍的丧失,但是面对如此危急情况,也只能忍痛割爱。

黑蛟怪体内因为木匣的撞击,竟然无意间打通了翊纯穴,使血魂珠的珠元和它体内原有的兽元开始融合。黑蛟怪紊乱的珠元在兽元的引导下,竟然渐至平复,并迅速合二为一。它从癫狂中苏醒,抓住机会,调顺了兽元。蛟魔君知道奇迹出现,忙撤回了兽元。

半个时辰后,黑蛟怪从羞暗池中腾空而起,激动地跪在蛟魔君面前。

蛟魔君老泪纵横，扶起了它："儿子，你好了？"

"父王，我的内伤恢复了十之七八，幸亏这头豹子把木匣丢入我的嘴中，结果使血魂珠的珠元和我的兽元融合，否则我就走火入魔了。现在我的兽元是之前的十多倍。"黑蛟怪野心勃勃，蠢蠢欲动。

蛟魔君见儿子因豹羽而康复了大半，算是因祸得福，也就不追究木匣丢失之罪，反而对它重加赏赐。但是，蛟魔君见鳄鱼强敢打灵珠的主意，便想处死它，却被黑蛟怪阻止了。

"父王，瞧在它曾经伺候我多年的情分上，暂且饶了它吧。说不定，它还有大用。"黑蛟怪难得为人求情，也许是心情高兴所致。

蛟魔君看在儿子面上，就宽恕了鳄鱼强。

黑蛟怪伸出右手使出元葵功，灵珠立刻飞入了它的手中。

鳄鱼强紧紧盯着灵珠，两眼恨不得长出爪子。

第28章　破解魔方

寿元府，鹤翁的府邸，离龟灵的癸阊府相去甚远。

鹤翁的寿元府，虽然不如龟灵府邸那般富丽堂皇，却也别具一格。红墙绿瓦，飞檐斗拱，庭院中广植奇异花草，四季生香，在怒龙山算得上桃源。院内亭台楼阁，闪烁其间，湖水绕行，遍布莲藕，鱼虾嬉乐。真可谓修身养性的绝佳场所。鹤翁一派仙风道骨，闲弹古筝，妙奏音曲。

此刻，它在院中弹奏的乃是《流水寻芳》，曲妙高雅，鸟闻止鸣，昆虫停响。豹羽从旁经过，亦驻足赏听。片刻之后，一曲终了，鹤翁吟了一杯茶道："豹羽，你可知我弹奏此曲的用意？"

"难道先生是专门为我而弹？"豹羽神色紧张道，它自知鹤翁善于揣测心理，唯恐一着不慎，被它瞧出端倪。

"心明则神静，心乱则思空。入魔心则魔，近仙则成仙。但凡身处魔界之人，要想置身事外，已然不得。水有百态，通达则声势浩荡，遇石受阻则屈身化线，莫有能挡。明途而知返，知险而纵前。遇魔化身成冰，得天日而成大道。其间道理，你可知晓？"鹤翁言论凿凿，直击豹羽内心的恐惧。

豹羽知道它明白自己的身份，欣然拜服道："谢谢先生指点,所谓志不强者志不达,我身已到此,心意已决,再难反悔。只愿得报大仇,完成心愿。"

鹤翁羽扇一扫,颔首道:"既然如此,还是小心为妙。魔功虽可练,妙要在心间。心魔难除,终为所害。切记,切记。"

豹羽一听此言,知道自己的所作所为,均被它洞若观火,心中大骇,汗水滚出,衣如水洗。但是,它也知道鹤翁对它没有恶意,否则,它初次见到仇人蛟魔君时,若不得它暗中相助,早就已化为齑粉。

豹羽担心自己的意图终究会被蛟魔君察觉,怕将来牵连到鹤翁,便拜谢而去。鹤翁也不挽留。

由于豹羽的府邸尚未建好,它只好栖居在一个隐蔽的山洞中。

这座山洞,幽暗深长,虽然狭小,但足够它居住。关键是洞口常年被灌木丛掩盖,鲜有人知道。这也是它初到怒龙山时,无意间发现的。

在这样的山洞中,修炼魔咖功再适合不过了。

豹羽取出球形木匣,发现上面雕刻着很多金龙腾飞状的花纹,个个铁画银钩,龙蛇飞动。它钻研了半天,发现木匣是由很多个小部件组成,可以松动,却不知道如何打开木匣。它真想气愤地将木匣摔在地上,又怕弄坏了里面的秘籍。它反复苦思冥想，眉头拧成了疙瘩，半天过去后，依然不解其道。它蒙头大睡了一个小时，醒来后，感觉头疼脑涨，比饿上3天3夜还要难受。突然，它发现其中一个奇怪花纹很像某个字的笔画，会是什么字呢？它想起了鹤翁曾经说过的一句话，吞珠成龙是蛟的梦想。这个藏有魔咖功的木匣，被制成了球形，不就像一颗珠子吗？蛟魔君千方百计想得到焰灵珠。木匣又是金丝楠木制作的，寓意飞黄腾达。每个笔画都是姿态各异的金龙腾飞图，从笔画走向来看，应该是一个"龍"字。于是，豹羽终于弄懂了打开它的诀窍。原来，这个木匣是一个奇特的魔方，组合成"龍"字，便可以打开。于是，欣喜若狂的豹羽，马上动起手来。折腾了半天后，球形木匣果然成功打开了，一份誊写在紫金帛上的"魔咖功"秘籍便出现在眼前。

豹羽阅读完秘籍后，发现魔咖功果然高深莫测，是极为厉害的功夫。它不顾腹中饥饿，便依言而练，恨不得马上就修炼成功。

偷偷摸摸地练了3日后，豹羽感觉体内兽元比以前充盈了很多，随意挥出一掌，坚硬的洞壁上便出现了一个深深的掌印。如此练下去，它的功夫将会非同小可。

"哈哈，真是好功夫！"豹羽得意地大笑起来，只是它不知道的是，它的脸色已经显现乌黑之色，眼睛也变得血红起来。

随着功夫的进境加深,它也就离魔道越来越近。它显然已经忘却了鹤翁对它的叮咛,它心中只有仇恨。当一个人心中满是仇恨时,往往会迷失心智。

"狮玫公主,倘若你见到我现在这个样子,一定会非常欢喜吧?"豹羽想到心爱的女人,踌躇满志道。只是可恨的臭熊猫,夺走了本该属于它的一切。唉,好久不见狮玫公主了,真有些想它。

想到这,豹羽便偷偷地下山去了。

齐云国,紫鑫城。

这日的太阳非常热情,川流不息的人将阔大的街市挤占得满满的。

吆喝的声音,此起彼伏。摆满摊子的商品,撑满了人的眼。四季瓜果,新鲜锃亮,分外勾引人的食欲。茶馆里,人们还在谈论着当日熊迪大败豹羽的故事,谈得眉飞色舞,唾沫飞扬。

坐在一旁吃糕点的豹羽,皱起了眉头,低着头不说话,生怕被人认出。等到茶客们添油加醋地说到它被熊迪踩在脚下,求爷爷告奶奶时,它再也忍耐不住了。愤怒异常的豹羽拍案而起,脸上冒出了乌黑的瘴气,怒吼道:"我就是豹羽,你们看那只该死的熊猫能打败我吗?"话刚说完,它面前的桌子马上四分五裂了。世间的悲痛之一,就是亲耳听到别人揭自己的短。

茶客们见状，纷纷四散逃离。

豹羽猛受刺激，情绪异常激动，竟然疯狂起来。它使出魔咖功将茶楼打得壶烂碗碎，桌椅横飞，一片狼藉。店主想去报官，却被它倒置而起，扔出了茶楼，结果一命呜呼。

豹羽大笑三声后，迅疾消失了，它丝毫不知道自己为什么会变得如此暴戾。

它当然也不知道，煞狱宫潜伏在紫鑫城的细作，将它的行踪汇报给了龟灵。

第29章 习武奇才

晚上，斜月挂在柳梢。

老狮王正在狮王宫大宴群臣，一时觥筹交错，欢声四起。

豹羽矗立在宫内箭楼顶端，俯视皇宫，嘴角露出了冷笑。

鸦八因为办差从此经过，看到了豹羽，惊叫一声："有刺客！"但是，它刚说完，就被豹羽一掌打蒙了，坠落到地上去了。

豹羽轻蔑道："不自量力的畜牲！"

它发现狮玫公主并没有参加宴饮，便以闪电般的速度离开了。

此刻，狮玫公主和熊魅，正在宫中演武场上练习武艺。

两人分别持剑，进行实战较量。只见剑影飞掠，银光辉耀。剑声争鸣，火光四射。熊魅招式奇快，进攻犀利，不留余地。狮玫公主剑法精妙，招式飘逸，变化多端。两人都门户严谨，防守进击，皆有法度。

豹羽本想去凝脂殿看望狮玫公主，却发现它在此处练武，便栖身在飞檐上远远地观望。浮光中，它看到了一个黑白肤色的人，身材相貌状似擂台上打败它的臭熊猫，顿时心中如同一团火烧。昔日，它和熊迪比武的场面，又上心头。按理说，它见过熊魅，不至于认错。但是，它并不知道熊魅潜伏在狮玫公主身边，加之视线较远，也无法看得仔细，更何况它醋意浓厚，更没去细想。

这时，狮玫公主和熊魅比试完毕。狮玫公主掏出香帕，给熊魅揩拭脸上的汗水。经过这段时间的相处，它们已经情若姐妹。这个亲昵的动作，却让豹羽心如刀割。它显然把熊魅当作了熊迪。怒如火烧的豹羽，看到熊魅握住狮玫公主的手时，它的心碎了，眼泪汹涌而出。它暗想，公主好薄情，分离数月，就移情别恋了。这个该死的臭熊猫，我要杀掉你！

它正想蒙面冲杀熊魅，却听到宫内大乱，护卫们涌动而去，在四散寻找刺客。

豹羽心想，我行事缜密，身手又达到一流境界，怎么可能被人发现。

突然，被豹羽打昏的鸦八，飞到了这里。

"狮玫公主！"鸦八高兴道，"咦，熊迪？你这只臭熊猫，怎么也在这？"

豹羽见到鸦八后，明白了过来。它羞愧难当，心想，我连一只臭乌鸦都打不死，还好意思说自己达到了一流高手的境界。它哪里晓得鸦八有一身好武艺，功力也着实不凡。豹羽当时也只是随手一掌，不致将它打死。豹羽也从鸦八口中确认了眼前的熊猫就是熊迪。于是，它在黯然销魂中，伤心地离开了狮王宫。

"熊迪？鸦八，你认识它？它在哪里？"狮玫公主无限惊喜道。

鸦八指着熊魅道："它不就是，它怎么来到狮王宫了？"

熊魅冷淡道："我叫熊魅，不是熊迪。"

"哇哦，你们长得真像。"鸦八惊叫起来。

狮玫公主激动道："鸦八，你快说，熊迪到底在哪里？"

"当然是在我们仙阙门了，师父有令，召你回师门。"鸦八一本正经道。

"得令！"狮玫公主双手抱拳道，它心想，马上就能见到熊迪了，太开心了。

熊魅一听要去仙阙门了，眼睛里闪出了一丝喜悦。

庚朗山，仙阙门。

七膳房内又传来了兔巴训斥熊迪的声音，熊迪捂着耳朵装聋作哑。

原来，兔巴要传授熊迪绝世轻功——涅云形影，但是懒惰的熊迪说它已经会轻功了。兔巴轻蔑地讽刺它："你那也叫轻功？连苍蝇都比不过。"

"师父，我已经进步很大了。飞那么快，难道要和时间比赛？我们要让时间慢一点，享受生活，享受美食。"熊迪一口吃下了个大包子。

"七谱密功最后一层,你还没有学会!涅云形影,你又不愿意学。你想气死我?"兔巴的身体已经抱恙,时日无多,想尽快把熊迪培养出来,也好对火凤凰有所交代。

熊迪又吃下一个包子,大言不惭道:"师父,你看虎贝和鹿荨,在江湖上的名号多响亮啊。可是虎贝打不过我,鹿荨也应该不是我的对手。"

熊迪埋汰虎贝和鹿荨的话,刚好被门外的鹿荨听到了。鹿荨非常生气,却也无可奈何。它心想,七谱密功应该是非常厉害的功夫,涅云形影这门轻功也应该非常了得。但是,它从来没听说过。怕被发觉,便悄然离开了。

兔巴无力和熊迪再争吵下去,便用竹笋作为交易。

熊迪捂脸道:"你又想用青萝卜骗人,我才不干!"

"我让鸦八给你空运竹笋和竹子,怎么样?"兔巴捉襟见肘道。

熊迪开心道:"我们拉钩,一百年不许变!"

"去你的。做师父的求着徒弟学武功,这在仙阙门也没谁了。你要是还不学,我就撞死在豆腐上。"兔巴说完就做出了撞的动作。

熊迪连忙将它拉住道:"师父你头太脏了,撞了豆腐,还怎么吃啊？再说，青萝卜吃出竹笋味道的做菜方法，我还没学呢，这个你要教我啊。"

"这叫以假乱真。只要你学会涅云形影，到时我教你。你做川菜的手艺，师父还没学会呢？"兔巴猛然想起了当初收熊迪为徒的初衷。

熊迪顽皮道："师父，我教你怎么做川菜，就不学涅云形影了，好不好？"

"不好，你去死！"兔巴一棍子将熊迪从房间里打飞了出去。

熊迪在半空中惨叫道："好痛啊！"

熊力刚好路过，暗骂，活该！

突然，悬在半空的熊迪，使出了七谱密功第七层鲁菜系中的愚鲁若智。

它身法奇特精绝，简直匪夷所思；招式变化之快，更是令人瞠目结舌。熊迪双手合十，接着使出了八卦意伤掌。巨大的力波，从天而降，给地面带来了地震般的动荡。熊力被熊迪强大的掌力所迫，竟然扑通跪倒在地，脸上写满了羞辱与悲愤。兔巴看到熊迪无意间参悟了七谱密功中最高深的乾坤心法，使出了八卦意伤掌，不禁欢呼雀跃起来，连赞道："真是个习武奇才，奇才啊！"

只是，这话在熊力听来，特别刺耳。

坚硬的岩石地面，被熊迪强大的掌力所摧，竟然出现了一个面积非常大的坑洼。原先被它用掌力开凿的水渠被坑洼中断，山上的溪水汇集于此，不多会就形成了一个清澈见底的小平湖。

熊迪轻身落地，站到湖前，赞道："太美了！"

兔巴也乐得鼓起掌来，暗想，300年兽元，果然非同小可。它对熊迪充满了更多的期待，它深情地看着熊迪，脸上现出了意味深长的笑意。

熊力捶胸顿足道："这怎么可能……"

斜空处，五彩祥云出现，光芒分外耀眼，呈现出一张慈眉善目的脸。

兔巴脸上露出异样的惊喜，叫道："就是这样，就是这样……"

它马上拉着懵懂的熊迪，快速地奔向玄武库。

第30章　误得天书

玄武库是仙阙门的圣地，依山而凿，门阔纵深，雄伟高大。

据说里面珍藏着仙界诸般厉害的兵器，这里更是仙阙门的禁地，非掌门人不得擅入。平时有资深弟子专门看守，如今，都被派出寻找焰珠去了。因为这里的大门，不是随便什么人就能打开的。

熊迪暗赞这里好阔气，要是用来做厨房，就太赞了！

兔巴告诉它玄库里有一棵神竹，吃了能长生不老。不过，它得按动上方数百米高处的红色闪珠，才能开启玄武库的大门。不过，闪珠每3秒才出现一次。轻功不达到绝顶境界，也就无法触摸到闪珠。熊迪傻眼了，心想，原来是变着法子让我学会涅云形影，3秒内就要飞那么高，开什么国际玩笑。

兔巴看出了它的心思，打趣道："数百年了，没人打开玄武库呢。"

"我什么竹子都吃过，就是没吃过神竹。"熊迪盯着闪珠，流口水道。

兔巴丢给它涅云形影的秘籍，扬长而去了。

熊迪翻阅了下秘籍，试了两次，都没做到，就躺在地上，睡起大觉来。

仙阙门，七膳房。

兔巴做饭时，切破了手指，自嘲道："想必天意如此！"

想当年，天书出现时，也出现了今天这样的预兆：火凤凰练成了威力与八卦意伤掌相当的乾坤八卦掌，天空出现了五彩祥云，失落的它切破了手指。

突然，它又干咳出了一团血，感叹道："时日不多了，熊迪你要加油啊！"

玄武库前，熊迪还在睡觉。

突然，一股奇特的香味飘到它的鼻子里。

它睁眼一看，竟然是美味的竹笋，张口便大吃起来。

吃了5根竹笋后，熊迪就抱着肚子翻滚不止，感觉肠子如同受了绞刑，疼痛难忍，它不住地哀号。不多会，它就口吐白沫，昏迷了过去。

这时，一个黑色的身影出现了，从它身上取走了七谱密功和涅云形影的秘籍。

两个小时后，天空中下起了大雨。

熊迪苏醒过来，感觉全身疲惫不堪，打了个哈欠道："难道我饿昏了？"

这时，一把雨伞挡住了雨，它看见了兔巴那失望的眼神。

熊迪尴尬地取过篮子，一见是竹笋，后怕起来，摇头道，"竹笋？我不要吃，对肚子不好。咦，还有包子。"它双手各拿起一个包子，一口一个吞了下去。

兔巴发现地上有残存的竹笋，便问道："刚才有人来过？"

"不知是谁，给我送了些竹笋。我吃过后，就疼痛地昏迷了过去。然后就下雨了，后来我就醒了，现在见到师父你了。嗯，应该是这个样子。啊，难道那些可恶的竹笋不是师父送的？"熊迪瞪大瞳孔道。

兔巴叮嘱它，江湖复杂，人心险恶。祸事总从口中出，管好自己的嘴。

熊迪张大嘴巴，吐出了口中的食物，捡起包子馅端详起来。

"笨蛋，连师父你也怀疑！"兔巴用盘龙木棍狠打了一下它的脑袋。

"啊，好痛啊！"熊迪尖叫着跳起，无形中使出了涅云形影，速度之快犹胜当年的火凤凰。熊迪成功地碰触到闪珠。它惊喜之余，身体失控，竟然坠落了下来，地上出现了一个深深的熊猫印。

玄武库上万斤重的石门，徐徐打开了。

兔巴泪流满面。

玄武库内，阔大纵深，青玉铺地。

四壁雕刻着奇兽异怪，穹顶是18条蟠龙，缭绕着一股肃杀之气。

兔巴行走其间，甚为恭敬，犹如瞻仰先贤。当年火凤凰就是从这里得到天书的，但是，天书究竟藏在哪里呢？它相信那些预兆，绝不是凭空出现的。

熊迪无心观赏，在兵器林中不断游走，终于找到了它倾慕的神竹。它从兵器架上抽了出来，张口就咬，结果崩掉了两颗门牙，便大叫起来。

兔巴大笑道："这是玄铁竹，乃是一种兵器，亏你把它当竹子吃。你真以为这个世界上有吃了可以长生不老的神竹啊？哈哈……"

"师父，你又骗我！"熊迪懊恼地将玄铁竹扔出了手。哪知玄铁竹竟被掷向了穹顶，碰到了18条蟠龙共戏的龙珠。龙珠应声裂开，从中掉落了一个竹筒。

"天书！"兔巴惊叫道，原来火凤凰把天书藏到了这里，真是用心良苦。

哪知黑鸦突然出现，叼住了竹筒，正要飞走。熊迪使出涅云形影，一把抓住了它。黑鸦拼命挣扎，啄伤了熊迪的手指，方才逃脱。

熊迪打开竹筒，取出了天书，打开一看，上面写道："天书至宝，武学精义。非有缘人，不得练习。强行修炼，焚身必死。"

兔巴激动道："好熊迪，你就是那个有缘人啊！"

熊迪匆忙翻完天书，随意丢在一旁，生气道："太难懂了，要耗损多少脑细胞。我要少吃多少美食。谁爱练谁练，反正我不练了。我已经很厉害了，干嘛要学那么多。"

兔巴看着它不争气的样子，气血急冲脑海。它自觉大限将至，便突施重手，按住了熊迪的脑门，以九成兽元使出了仙阙门独一无二的"嫁忆神功"，将天书中的武学精要，悉数印在了熊迪的脑子中。这辈子，熊迪想忘也忘不了。只是兔巴赖以活命的兽元大为损耗，使完功后，它便疲软地躺在了地上。

熊迪抱着兔巴痛哭起来。

第 31 章 争夺秘籍

玄尊殿内，猴靖正在老学究似的翻阅典籍。

满腹狐疑的鹿荨，想从它这里了解七谱密功和涅云形影，并求证兔巴的真实身份。但是，看到师父忙碌的身影后，它欲言又止，终是退了出来。

鹿荨在路上寻思，仙阙门既然有这么厉害的武功，为什么不让它或虎贝练习，这可以增加打败煞狱宫的胜算，可偏偏成就了臭熊猫。突然间，它路经假山时，发现了鬼鬼祟祟的熊力，便悄悄跟了过去。

"七谱密功和涅云形影，我都得到了，以后我的功夫一定会突飞猛进的。"熊力从熊迪那里盗取了两大秘籍，心情非常亢奋，它用手指沾了唾液捻翻书页。

鹿荨心想，这应该是熊力从熊迪那里偷来的，路过岂容错过。它眼光晶亮，从背后点中熊力的穴道，快速地抢到了两本秘籍，并满脸怒气地训斥熊力竟敢盗取本门秘籍，是要逐出师门的。

熊力悔恨交加，但又动弹不得，只好向它求饶。

于是，鹿荨心安理得地获得了这两本秘籍，答应熊力替它保密。

怒龙山，煞狱宫。

蛟魔君得知天书出现，抱着黑鸦狠狠地亲了几下。

很快，黑蛟怪也知晓了，它恨不得马上杀到庚朗山。但是，它邪念一动，体内五脏六腑犹如翻江倒海，口吐白沫倒地不起。幸亏龟灵及时赶到，给它服下了九花还阳丸，稳住了它的病情。蛟魔君对此大惑不解。龟灵告诉它，血魂珠的珠元虽然与黑蛟怪的兽元融为一体，但是血魂珠的珠灵尚在，它的反噬性很强，它正试图控制黑蛟怪的身体，必须用灵珠至纯至阳的珠元才能压制。可是，如果没有天书，就算有灵珠也于事无补。蛟魔君急得如火烧眉毛，马上要下令攻打仙阙门夺取天书。龟灵立刻阻止了它的疯狂，以煞狱宫目前的实力，可能难以如愿。

龟灵对那把突如其来的菜刀，充满了恐惧。蛟魔君想到那9根可怕的擀面杖，也倒吸了一口冷气。仙阙门藏龙卧虎，不可轻视。蛟魔君便问龟灵怎么办。龟灵却说，别轻易否定自己，有时幸运会来得晚一点，因为福报太大，车速有些慢。它认为豪夺不如智取，便献出了自己的密计。蛟魔君对它的计划，十分满意。

庚朗山，仙阙门。

这日，阳光明媚，清风送爽。山朗林碧，泉水淙淙，鸟鸣悠长。空气像美妙的饮料，直沁肺腑。狮玫公主和熊魅，终于抵达了这里。

仙阙门近来守卫森严，严防外人上山，但是狮玫公主持有师门令牌，一路畅通无阻，只是沿途的人都把熊魅误认为熊迪，对它很亲切。狮玫公主暗想，熊迪到哪都受人喜欢。突然，它感觉循道而上没意思，这条道不知走了多少遍了。于是，它和熊魅施展轻功，专捡诡险幽深之地而行，欣赏到不少迤逦的美景。半个多时辰后，狮玫公主渐感体累，便倚石休息。

熊魅发现石林深处似乎有人，便示意狮玫公主。它们悄然潜身过去，发现鹿荨正屏息打坐，气息匀畅，头冒白烟，似乎在修炼高深的武功。为防鹿荨因受惊扰而走火入魔，狮玫公主没有贸然行动。不多会，鹿荨睁开双眼，目光如炬。它徐徐起身，做了个起式，便开始频频出招。只是它招势古怪，稚拙可笑，好像在厨房做饭，但是威力非凡，拳击石头即刻碎裂，掌拍岩石能留下印迹。

狮玫公主暗暗喝彩，又埋怨师父偏心。突然，从鹿荨身上掉出了一本书，它未及看清，就看到大师兄虎贝来了一个乾坤翻，将书抢夺在手。它出手犹如行云流水，不着痕迹，干脆利索，不愧为仙阙门的大弟子。狮玫公主纵身上前，定睛一看，发现这本武学秘籍是七谱密功。虎贝怒指鹿荨道："你

145

竟敢私练邪功？"

鹿荨狡辩道："这是正宗的仙阙门武功，快还我！"

"啊哈，敢偷盗秘籍，一样是师门重罪！"虎贝随意翻阅了几页，发现果然是高深的武学，心想，熊力果然没有欺骗它。

鹿荨含泪跪在地上，请求虎贝宽恕于它，不要告诉师父。毕竟这本七谱密功，它也是来路不正，如若传扬出去，即便不被逐出师门，也会成为笑柄。虎贝见它态度诚恳，傲慢地应了下来，便让它把涅云形影的秘籍也交出来。

鹿荨一听，马上明白了怎么回事。如若不是熊力串通，虎贝怎会知道涅云形影的秘籍。鹿荨计议已定，冷眼冒出寒光，向虎贝突施重手。

第32章　言归于好

狮玫公主大吃一惊，它没想到鹿荨竟敢对虎贝动手。

它正想提醒大师兄，却没想到虎贝早就料到鹿荨会出阴招，反身就和它对了一掌，各自被对方的掌力震退三步。鹿荨见自己的伎俩被它识破，索性撕破了脸皮，拼命向它攻击起来。

上次，它们在玄尊殿内因被师父阻止，没有分出高低。今日，为了这两本秘籍，两个人各自使出平生本事。虎贝一上来就使出虎卷风云，9道强悍的力波，从不同方位，以排山倒海之势，袭向了鹿荨。鹿荨以看家本领鹿转苍穹应对，它一使出，便幻化出36个鹿荨的身影，让人难辨真假。虎贝招式凶猛有力，冲杀状态十足。而鹿荨机灵巧活，躲闪潇洒自如。两个人的攻防，虽然失去了分寸，但各自的本事不遑多让，可谓势均力敌。狮玫公主见状，也不阻止，而是退让一旁，用心观战。它暗想，师父果然偏心，没有传授给自己特别厉害的功夫。它也悄然打起了两本秘籍的主意。它哪里知道猴靖是根据每个弟子的不同特点传授的，都是各有所长。

熊魅见虎贝和鹿荨皆刁钻狠辣，杀招频出，完全不顾及师门之情，便想渔翁得利。打斗之中，七谱密功被抛向了半空，狮玫公主眼疾手快，施展师门轻功夺得了此书。

"师妹？"虎贝和鹿荨同时惊叫，也同时向狮玫公主出击。虎贝和鹿荨的功力，都远在狮玫公主之上。现在，它们又联手合击，狮玫公主很快便招架不住，挨了三拳两脚。作为保镖的熊魅，却冷眼旁观，并不出手相助。虎贝和鹿荨利欲熏心，把狮玫的公主身份也忘记了，它们的力道形成了层层叠嶂，将狮玫公主逼迫在狭小的空间，进无可进，退无可退。狮玫公主拼死抵抗，大叫道："熊魅何在？"

熊魅立刻像产生化学反应，抽出利剑，抖出一团剑花，向虎贝疾飞刺去。虎贝听到风声，急撤掌力。它见熊魅剑法犀利，显然经过名家指点，忙躲避一旁。鹿荨也晓得熊魅剑法厉害，退让三步。狮玫公主终于得脱，它暴怒道："两位师兄，你们想同门相残吗？"

虎贝和鹿荨猛然惊醒，羞愧难当，都低下了头。

熊魅松了一口气，暗想，幸亏它们没有再反攻，否则凶险难料。它最厉害的功夫只不过是龟灵传授的三招龟仙剑法，除此之外和狮玫公主不相上下。三招过后，若是不能伤敌，必败无疑。

"啊哈，两位师兄合伙欺负小师妹，真是羞死了！"鸦八不知何时冒了出来，它趁狮玫公主冷不防之际，抢走了七谱密功。并使出无敌鸦丫脚，转眼间将七谱密功撕成了碎片，一时漫作雪飞。

虎贝等人急也不能,只能暗自叹息。熊魅更为此心痛不已,仇视鸦八。

"这件事,就此作罢。我不会告诉掌门的。眼下师门有大难,你们应当竭尽全力,恪守职责。"鸦八义正言辞地批评它们。

虎贝和鹿荨互相对视,低下了惭愧的头。狮玫公主脸上也是绯红一片,它的心思何尝不和两位师兄一样呢。鹿荨又羞愧地交出了涅云形影的秘籍,鸦八照例撕碎。在它看来,凡是影响师门团结的书,都是魔书。

心平气和的它们,很快和解了。虎贝和鹿荨都对熊力的行为有所不齿,殊不知它们刚才的行为也高尚不到哪里去。人总是轻易地原谅自己的过失,而对别人的错误耿耿于怀。它们师兄妹,言归于好,嘘寒问暖,有说有笑地携手回到了仙阙门。正刚它们走进雄阔壮观的南天门时,突然间,冒冒失失的熊力一头冲了过来,将熊魅撞了个四脚朝天。

"咦,美女?"熊力看到美丽可爱的熊魅,马上口水垂涎为之着迷了,竟然忘记将它扶起来。熊魅看到熊力花痴的样子,立时会意,暗送它一个媚眼。熊力更是神魂颠倒,心想,这是从哪里来的熊猫妹妹,如此美丽可人。

虎贝和鹿荨对它正在气头上,见它贪婪美色,对它更是怒如火烧,各自出腿,一起将它踢飞在了半空中。

第 33 章　争风吃醋

熊迪刚好从此走过,看到熊力被摔在半空,马上丢掉了手中的竹笋馅包子。

熊力身体笨重,轻功修为有限,也没有享受过飞得这般高的待遇,因此它丝毫没有感到危险,反而非常惬意。它还得意地翻了个筋斗,在空中发现熊魅对它灿烂地笑,却不知道在它落地的下方,是一柄直插云天的石剑。这柄石剑,是仙阙门的标志性建筑。

虎贝和鹿荨心下懊悔,但由于距离太远,危急之下,也无能为力。狮玫公主暗想,这只呆熊怎么不运功自救,和熊迪相比,真是笨死了。一想到熊迪大闹皇宫的样子,它就忍俊不禁,心想,单凭大闹皇宫的这分胆量,齐云国所有的男子都不能和熊迪相比。熊迪使出涅云形影,像一道黑色的闪电,直冲云天。

当熊力轻飘飘地落在地上时,它犹在梦里,感觉无比温暖舒适。它侧眼看到了一片黑白皮肤,还以为躺在熊猫妹妹怀中,脸上十分的享受。

"喂,熊力老兄,该起床了!"熊迪狡黠地看着熊力。

一片掌声"哗啦"响起,虎贝等人为熊迪的绝世轻功而振奋。它们都希望熊迪迅速成长起来，挽狂澜于既倒，扶大厦之将倾，为仙阙门的振兴尽力。虎贝和鹿荨为争夺秘籍而战，虽然也是为了一己之私，但内心也渴望成为仙阙门的中流砥柱，挽救师门于危难。如果有人比它们做得更好，它们宁愿退出掌门竞选,全力扶持它。熊魅也一脸崇拜地看着熊迪，暗想，这个傻小子，蛮厉害的，怪不得龟灵护法对它有所忌惮。

熊力这才发觉抱它的人是熊迪，又看到旁边傲立苍穹的石剑，猛然醒悟了，眼睛湿润道："好兄弟，谢谢你！"

"啊，熊迪！"狮玫公主像一阵风似的跑了过来，满怀热情地抱住了它,脸上洋溢着幸福。熊迪被美色拥抱，一脸懵逼："公主殿下？"

虎贝和鹿荨对视了下，心想，怪不得师父当时没将它交给老狮王，原来老狮王下令擒拿熊迪是假，想让它当驸马才是真。师父还罚它在七膳房做工，明显是在锤炼它啊。师父应该早就知道兔巴的真实身份，虎贝和鹿荨同时会意。

"熊迪，我可想你了！"狮玫公主流下了温暖的眼泪。

这时，不知所措的熊迪发现了熊魅的存在，忙推开狮玫公主，瞬间来到熊魅面前。熊魅还没反应过来，熊迪已经把它紧紧抱在了怀中，热泪滚流道："熊魅，你还活着，太好了！"

熊魅无所适从，勉强把手搭在它的身体上，心里却咒骂它身体发出的恶臭味。心中更是疑云密布，这该死的熊迪，和我很铁吗？它怎么知道我叫熊魅？龟灵护法怎么没有告诉过我？

虎贝和鹿荨面面相觑，心想，嘿，这个熊迪还是个讨女生喜欢的万人迷。两个女生同时喜欢一个男生，以后仙阙门可有好戏看了。

狮玫公主怒眉紧蹙，飞身上前，拉开了它们，打了熊魅一个耳光道："没羞没臊的，丢了我皇家颜面！"它忘记了自己是怎么亲昵熊迪的。

对熊迪重新恢复好感的熊力，老大不乐意了，它不喜欢熊迪的主角光环,总是受到好运的青睐。它的武功可以输给它，但是，爱情，坚决不可以！

熊魅尴尬地站在一旁，忍受狮玫公主的呵斥。

熊迪对狮玫公主扬起了手掌，却悬在半空，生气道："公主殿下，熊魅是我青梅竹马的朋友，请你尊重它。否则，我对你不客气！"

"青梅竹马又如何，怎敌得过我对你的一见钟情。你与我有婚约在先，它只是奴仆，我是公主，怎配和我相提并论？"狮玫公主捶打熊迪的胸膛道。

青梅竹马？熊魅更加疑惑了。

熊迪无法忍受狮玫公主的公主脾气,拉起熊魅便走。

"该死的小贱人,我现在就宣布,你被解雇了!"狮玫公主把这当作了要挟。

熊魅回头调皮一笑:"多谢公主殿下!"

狮玫公主猛然醒悟,后悔地跺起脚来。如果它们还有契约关系,至少它可以用权力约束熊魅。它被爱情冲昏了大脑,真想把自己的脑子扒出来洗一洗。

虎贝和鹿荨都不由得笑了起来。

第 34 章 兔巴自焚

深夜,星辰都睡着了。

七膳房内依旧燃着烛火,兽元耗损的兔巴躺在床上一脸疲惫。它看着那盏油灯,感觉像极了此时的自己,眼看要油尽灯枯了。白天,它强撑身体,督导熊迪练习天书中的武功,只可惜熊迪好吃懒做,今天又开小差溜走了。晚上,它神情怅然,等待死神对它的召唤。

这时,一袭瘦削的黑影闪电般地出现在院落,像一把冰冷的剑。

兔巴咳嗽了一声,轻叫道:"进来吧!"

来者原来是猴靖,它上前施礼道:"师叔,果然功力不凡。"

兔巴冷笑道:"天书,就在我枕头下面,你自便吧。"它对猴靖的心思,了若指掌。天书对武林中人来说,就像是一道世间美味。懒惰的熊迪却视天书为无物。

"这……"猴靖有些犯难,脸比它的屁股还要红。兔巴的话像一把刀子,把它的面皮扒了下来。它担心兔巴不会轻易交给它天书。

兔巴明白,它现在兽元耗损太大,不是猴靖的对手。它只能让天书打败猴靖。

猴靖接过天书，迫不及待地打开，但是，它看到第一句后，脸就变色了："天书至宝，武学精义。非有缘人，不得练习。强行修炼，焚身必死。"它乖乖地把天书交还了兔巴，又擦了擦额头上的汗水。

兔巴对它的表现还算满意，不无赞许道："万法皆缘，得道自然。去吧！"

猴靖说了一声"师叔保重"，便拜辞而去。

兔巴喃喃自语："有缘人……"

它和猴靖修身养性多年，依然难逃一个"欲"字。它们的心性修为，反倒不如看似呆萌的熊迪。突然，它心灵通透，明白了一个道理：天书乃是人性的魔障，心魔不除之人，强行修炼，必受其祸。它抱着天书，睡着了。突然，它感觉有异动，发现熊迪在强行夺取天书，马上潜意识地攥紧。

"死兔子，快给我！"原来不是熊迪，而是熊魅。

它窃听了兔巴和猴靖的对话，暗想，真是踏破铁鞋无觅处，得来全不费工夫。它看到兔巴已是风烛残年，面容枯槁，自以为得手不难。

"你是谁？"兔巴发现它和熊迪相貌相似，但是性情凶狠。熊迪因为开小差溜走，巧遇熊魅，怕受兔巴惩罚，没敢把熊魅介绍给兔巴认识。连晚上送的饭菜，都是委托虎贝送的。

熊魅见兔巴拼死抵抗，立刻抽出短剑，刺中了兔巴的小腹，鲜血溅在天书上面。兔巴拼尽全力打退熊魅，用最后的兽元，施展出浴火禅功。金色的火焰，熊熊燃起。熊魅急忙闪退，眼睁睁看着兔巴和天书化为灰烬。七膳房很快起火了，熊魅自知这不是久留之地，立刻离开了。

但是，它迎面撞见了狮玫公主，心下一惊，装作没看见。

狮玫公主看到它手中握着短剑，剑身上还有血迹，忙抽出宝剑，挡住了它。

由于火势越来越大，虎贝和鹿荨率人前来灭火，幸好七膳房周边有很多水缸，又临近熊迪用掌力打造的小平湖，取水十分方便。此刻，狮玫公主和熊魅却打斗得厉害，两人互不相让。狮玫公主视它为情敌，出手丝毫不留情。熊魅做贼心虚，巴不得马上离开现场，也使出了狠招。两个人缠斗不休。虎贝和鹿荨，以为它们在为熊迪争风吃醋，火势又大，都不理会它们。

这时，熊迪不顾一切地冲了进去，可是哪里有兔巴的影子，着急道："师父，师父……"它泪流满面，悔恨交加。如果它在，兔巴不会……

突然，房顶上的一根横梁，正中砸了下来，熊迪昏迷了过去。

雨在瓢泼地下着，山体横流，巍然壮观。

熊迪跪在兔巴的衣冠冢前，伤心地拍打着胸脯。脑子里满是它们相处的过往，可惜睿智慈善的兔巴，再也不能打骂它了。

不知何时，狮玫公主打着雨伞出现在它面前，伸出温柔的手搭在它的肩膀上，淡淡地说道："原来兔巴是你师父，害死你师父的是该死的熊魅！"

"啊？不可能！"在熊迪的心目中，熊魅是温柔活泼的女孩子，虽然有时调皮了些，但是它非常善良，在熊猫村始终维护它。这话又是狮玫公主说出来的，它更不能轻易相信。

狮玫公主暴怒道："怎么不可能，你不要被它欺骗了。它就是一只贱熊猫！"

"你住口，你可以辱骂我，但是不许污蔑熊魅！"熊迪歇斯底里道。

狮玫公主正想说出昨晚的目击情况，却发现师父猴靖一脸伤悲地出现了。它"扑通"跪在兔巴墓前，两行清泪流出，自责道："师叔，是我害了你啊！我不该贪慕天书！"它认为是自己逼死了兔巴。作为掌门，它必须敢作敢当，否则无颜面对师父火凤凰。而且上次助它打退蛟魔君的人，正是兔巴。

狮玫公主和熊迪都极为震撼，熊迪更是没想到，兔巴竟然是猴靖的师叔。它登时醒悟了，在仙阙门中，知道天书下落的,只有兔巴和它自己。它抓住猴靖的衣领道:"原来你一直在暗中监视我们!你太不要脸了!你害死了师父!"熊迪出拳就要打猴靖,却被狮玫公主抓住了它的手。

"这下真相大白了吧!"熊魅意外出现了,盯着狮玫公主道。

狮玫公主恼怒道:"你也脱不了干系!"

前来吊孝的虎贝和鹿荨,看到熊迪要暴打师父,急赶上前阻止。

熊迪捶胸顿足道:"你们都是为了天书。天书就是一本邪!"

猴靖听罢,惭愧道:"天书是一本邪书?说的好!你果然是有缘人!"它从熊迪的话中省悟,心性不纯之人,无法修炼天书。

"我要忘了天书……"熊迪疯狂地奔跑而去。

熊魅嘴角露出诡异的笑意,心想,天书没了,活天书还在。

第35章　美人心计

怒龙山，癸阉府。

龟灵点燃了玉制水烟袋，吐了一口烟圈。

鳄鱼强胆战心惊地等候它的差遣，小强强的病情虽然暂由龟灵的药物控制了，依然危在旦夕。当它得知龟灵派它去仙阙门抓来熊迪时，有些畏缩。黑鸦说过，熊迪的武功远在虎贝和鹿荨之上。它连虎贝都打不过，怎么可能抓来熊迪。

龟灵漫不经心地说："怕什么？大英雄多栽倒在小人物手里。你抓住熊迪，就是为大王立下大功。到时，我替你美言几句，大王定会格外开恩，借与你灵珠。"

"多谢龟灵护法，我一定竭尽全力，完成这项任务。"鳄鱼强踌躇满志道。有一种父爱叫做坚强，它可以无坚不摧。它对儿子的爱，不比蛟魔君差。

龟灵傲慢地点了点头，便让鳄鱼强离开了。

庚朗山，仙阙门。

这几日的天气，虽然晴和日丽，漫山的景色也愈发醉人，但是熊迪的心情，依然阳光不起来。兔巴的死，一下子把它卷进了雾霾之中。

狮玫公主绞尽脑汁想逗它开心，都终成泡影。熊迪见到它，就像蚊子遇到了蜥蜴。这让狮玫公主很伤心。但是，伤心之后，它还是像蜜蜂一样扑上去，用心采摘这看似幸福的蜜。熊魅则不然，它一句开心的话也没有说，只是静静地坐在熊迪身边，陪它一起迎来黎明，送走夕阳。这让熊迪很欣慰。狮玫公主看到它们默契的样子，牙齿恨得"咯咯"响。它只是还没明白一个道理，女人在喜欢自己的男人面前，只需要一个不起眼的小举动，就可以打败所有的情敌。每天为熊迪送饭的是熊力，当然，它可不是为了兄弟友情才给熊迪送饭的。它只是为了多看熊魅几眼。它默默地付出着，哪怕熊魅对它只是一个微笑，它也能快乐很长时间。

美丽的阳光像生了脚般，在熊迪和熊魅身上调皮地跳动着。

熊魅长舒了一口气道："学武功，真没意思，只是增长人的野心和欲望，让人变得不快乐。"

"真的？熊魅，你也这样认为？"熊迪抓住它的手激动道。这几日，它一直在思考学武功的真谛。原先它以为学武功可以让它变得强大，好救出熊猫村的人。但是，自从学武后，它离快活的日子反而远了。

熊魅暗讽道，笨熊猫，我陪你好几天了，你怎么想的，我要是还不知道，岂不是和你一样蠢。它妩媚一笑道："我之前和你一样，为了救熊猫族，奋力逃出煞狱宫，跟高人学了武功。可是，我每天都生活在仇恨当中，一点也不开心。从今天开始，我们一起忘记武功吧！"

"好熊魅！"熊迪抱住了它，感动地哭泣起来。

熊魅拍着它的肩膀，就像在哄一个受伤的孩子，突然严肃道："你可以忘记武功，但是天书你必须写下来，好让仙阙门的其他弟子练习。没有仙阙门，武林就会失去正义。没有天书，仙阙门就会被煞狱宫灭亡。"

"对唉，我不能辜负师父对我的期望，但是可以让别人替我完成使命。熊魅，你太聪明了！"熊迪情不自禁亲吻了它一下。

熊魅脸上故作羞涩，但是它心里恶心道，臭熊猫，多久没洗澡了，身上比馊米饭还要难闻。要不是为了天书，我才懒得你。

"修炼天书的人，必须是有缘人。我从哪里去找有缘人呢？"熊迪又犯了愁。

熊魅翻了下白眼道："你把天书写好后，我们一起找个地方藏起来。谁能找到天书，谁就是有缘人。"

"对唉，我就是这么得到天书的，熊魅，你简直太聪明了。"熊迪抱着它，又亲了一口。这一幕被前来送饭的熊力看到了，它的心变得千疮百孔。

熊魅回了它一个吻，害羞道："为庆祝这即将开心幸福的日子，不如你今天下厨做饭吧。这段时间吃的饭，都是熊力做的，太难以下咽了。"

什么？我做饭也不如熊迪好吃？熊力深刻地感受到爱无力。它拼命讨好熊魅，仍然成不了它的真命天子。熊迪不就是有天书吗？

看到熊迪和熊魅暧昧情景的，还有狮玫公主，它本想冲到熊魅面前，给它几个耳光。但是这只能让熊迪更讨厌它。于是，它隐忍下来。

"好唉，我要把八大菜系给你做个遍。"熊迪欢呼雀跃道。但是，它很快又消沉了，因为兔巴再也不能跟它学做川菜了。

熊魅心中鄙夷道，愚蠢的熊猫，我刚把你哄成晴空万里，你转眼又乌云密布了。它拉着熊迪的手，嗲声嗲气道："好熊迪，今晚我们就在后山云顶台，共享烛光晚餐吧，就我们两个人。不过，你要把天书尽快写出来，我们一起把它藏好。让我们一起关上昨天忧愁的窗子，开启明天快乐的大门，好吗？"

熊迪一往情深地看着它，重重地点了点头。

熊力听到后，心有所思地离开了。

第 36 章　真假熊迪

阳光抚摸着小平湖,撒下波动的涟漪。

不知何时,山上小溪间生长的游鱼,顺着熊迪开凿的水渠,游到了小平湖中。熊魅发现了大小不一的各色鱼类,隐藏在心田深处的调皮,一下子激发出来。它找来鱼竿钓起鱼来。

熊迪则在修葺一新的七膳房内,专心做八大菜系。平时懒惰的熊迪,一旦做饭就变得勤快无比。锅碗瓢盆圆起心中梦想,筷勺刀铲奏起幸福时光。熊迪凝神做饭时,将七谱密功发挥得酣畅淋漓。刀光过闪,菜落油锅,经过一番翻炒炝拌、煮涮卤焗,不多会工夫,一道道色香欲滴的菜品便出锅了。香气四处逍遥,仙阙门中的小弟子被吸引过来,口水都打湿了衣服,趴在门槛上贪婪地看着美味的菜肴。熊迪顽皮一笑,便将一盘做好的熊猫甜心饼干,随手丢给了它们。刹那间,饼干被疯抢一空,它们才笑着四散离开了。

熊力悄然来到,闻到香气,管不住自己的胃,咽下了不少口水。它瞧着钓鱼的熊魅出了神,慢慢地走了过去,想将身后的鲜花送给它,却不想踩到了一条从水桶里蹦出的鱼,摔进了湖中,惊跑了来贪吃饵料的鱼群。熊魅正要恼怒,但是看到熊力滑稽可笑的样子,捧腹大笑起来。熊力看到熊魅很开心,咧嘴笑了起来。

爬上岸的熊力,小心坐在了熊魅旁边,心情格外激动。熊魅心道,真是个笨货,长成一副熊样,还敢追我。它酝酿出笑意,转脸对着熊力说:"熊力大哥,听说你和熊迪一块上山的,你被猴靖大师收在门下,而熊迪被罚作苦力。可是现在,你的武功似乎……"

熊力被说到了痛处,忿声道:"它运气好,得到了天书!"

"哟,原来如此,要是你也有天书,肯定比它更厉害呢!"熊魅媚眼撩它。

熊力神魂颠倒道:"我会努力的!"

"加油哟,我看好你!"熊魅暗送它一个暧昧的眼神。

熊力心里像装满了蜜,瞧了一眼熊魅,便笑着离开了。

熊魅暗骂道,真是头笨熊,连我的备胎都算不上。你只是我计划中的第二梯队,要是我的计谋未能如愿,正好拿你顶上。这真是上天赐给我的痴情种啊,不利用我都感觉太浪费了。瞧它努力想得到我的样子,想想都醉了。

熊魅愉快地甩下鱼竿,不到片刻,又钓上一尾鱼。

这时,狮玫公主悄然出现在七膳房,它看到大汗滚滚的熊迪,暗赞道,真是个家庭好煮夫。要是有这样的老公,简直幸福得不要不要的。

熊迪专心做饭，丝毫没有觉察到狮玫公主的到来。36道珍羞美味，悉数摆放在桌，让人垂涎欲滴。狮玫公主走向熊迪，想为它揩汗，结果却吓了它一大跳。熊迪一哆嗦，一本黄皮书掉落在了地上，狮玫公主定眼一看，书皮上写着"天书"两个大字，字体滑稽可笑，应当出自熊迪的手笔。熊迪埋怨了狮玫公主几句，继续用心做饭。

狮玫公主伏下身子，捡起了天书，揣在怀中，便忐忑略带羞愧地离开了。

但是，不多会，它又回来了，借着给熊迪擦汗的机会，把另一本黄皮书小心放在了它的口袋中。熊迪反应敏捷，一把抓住了它的手。

狮玫公主脸红心跳，暗想，好刺激啊，被心爱的人抓住手，原来是这种感觉。

熊迪方才认为给它揩汗的人是熊魅，转身一看发现是狮玫公主，忙松开了手，惊吓道："公主殿下？对不起！我以为是……"

"你以为是熊魅，是不是？哼！"狮玫公主的好心情，转眼化为乌有。它马上借此机会离开了，免得让熊迪察觉，怀疑它。

在外钓鱼的熊魅，看到狮玫公主气呼呼地离开了七膳房，心中冷笑道，以为自己是公主，就认为能抢走别人的男朋友，真是太天真了！

傍晚降临了，离约会的时间还有一个多时辰。

熊迪忙活了大半天，身体有些乏了。于是，它躺在床上酣酣大睡起来，不多会，一股奇香飘了进来。熊迪愈发睡得深沉了。

这时，熊力猫着身子出现在房间，它快速地翻动熊迪的各个口袋，从里面翻出了不少零食，最后终于找到了天书，如获至宝地藏在身上，快速地离开了。

回到房间的熊力，非常得意，竟然吹起了口哨。

它对着镜子道："如今，天书已得，大功告成。我要向熊魅表白心迹，不负它的芳心。"它想着白天时熊魅的秋波，更是心情亢奋。

费了老大劲打扮一新的熊力，心中感慨，今晚的夜色，好美。

庚朗山，云顶台。

空中星色清爽，虫鸣时起。山势高兀嶙峋，在黑暗中朦胧若现，更显巍峨。

熊魅暗藏短剑，装束一新，完成任务后，它就可以离开这个鬼地方了。

等了好久，熊迪姗姗来迟，它高擎烛火，捧着一把鲜花，脸上堆满了笑意。

熊魅挤出笑脸，正要扑上前，却发现一张巨网将熊迪捕捉了，紧接着乱棒齐下，奇速无比，这显然经过了精心的训练和安排，结结实实地将熊迪很快地打晕了过去。熊魅还没有反应过来，巨网就将熊迪拖走了。

"鳄鱼强？"熊魅捡起掉在地上的烛火，发现了鳄鱼强的身影。它刚要追上去，便踩到了被丢下的钉棘。它大痛着将鳄鱼强狂骂了一顿，这时，却发现另一个熊迪睡眼惺忪地来了。

"对不起，我来迟了！"熊迪不好意思道。

这是怎么回事？刚才被抓走的到底是谁？熊魅疑惑地看着熊迪。

第 37 章　冰原寻珠

怒龙山，煞狱宫。

鳄鱼强毕恭毕敬地站在蛟魔君面前，心里荡漾着兴奋。

蛟魔君认真翻阅了黄皮天书，发现里面果然记载了武学秘籍。它又看着被五花大绑的熊猫，围着它走了两圈，不由得乐了起来，"哈，这么肥的家伙，能捉来真不容易！"鳄鱼强点头哈腰，期待着蛟魔君对它的奖励。一想到小强强马上就能得救了，它心里乐开了花。

不多时，龟灵来了，它白了鳄鱼强一眼，心想，这样的大功，可是在我授意下完成的。这个畜牲，不向我禀告，竟然私自邀功。没有我，哪有你的今日？它端详着被捆绑的熊猫，很快瞧出了端倪。

蛟魔君看到龟灵大喜道："龟灵护法，天大的好消息啊。本王得到天书了！"

龟灵非常淡定，请求拜阅天书。蛟魔君慎重其事地交给了它，叮嘱它好生爱惜。龟灵看了几页，叹息道："这根本不是天书，而是仙阙门中流的武功秘籍，却也不稀奇。"

蛟魔君闻听此言，半信半疑地再次翻阅了这所谓的天书，发现果然如龟灵所说。它右手运掌，将天书化为齑粉，抛洒在空中，狠狠地瞪向了鳄鱼强，恨不得将它千刀万剐。鳄鱼强汗如雨下，慌恐万分，倒退三步。

"大王，这个熊猫也是个冒牌货！"龟灵瞪了一眼鳄鱼强道。

鳄鱼强本想借这两个功劳，就此解救儿子小强强，却被龟灵三言两语给否定了。它的心在流血，单是为了捕捉到这只肥胖的熊猫，它就耗费了心机，甚至考虑好了每个细微的抓捕动作。

蛟魔君向来对龟灵言听计从，刚才假天书之说已经得到验证，此刻对熊猫的真假也不再辨别真伪，就对鳄鱼强凶目而视，两束怒火熊熊燃烧。

鳄鱼强连忙跪下道："大王，这确实是熊猫啊，我……"

未等它说完，蛟魔君一记蛟尾将它扫倒在地，右脚狠狠地踩在它的鳄鱼头上。

鳄鱼强拼命挣扎，咬出几个字，"大王，我……冤……枉……"

龟灵命人取过水，泼在熊猫的身上，如此泼了几遍后，熊猫的庐山真面目出现在眼前，这哪里是熊猫，分明是一头黑熊。

黑鸦趁机落井下石道："上次鳄鱼强就把熊猫扮成黑熊欺

瞒大王,如今它又故计重施,将黑熊装扮成熊猫冒领贪天之功,真是不要脸之极!"

这只黑熊,正是熊力。它羞愧自己相貌丑陋,便想假扮成熊迪的模样,等到生米煮成熟饭后,再行表白。谁知聪明反被聪明误,没有骗取美人心,倒把自己搁了进去。

恼羞成怒的蛟魔君,正要把鳄鱼强踩成鳄鱼酱,却被及时出现的鹤翁阻止了。鹤翁替鳄鱼强说了几句好话,请求蛟魔君看在它救子心切的分上,暂时饶了它。蛟魔君联想到自己为救儿子奔波劳碌的情景,便软下心来,饶恕了奄奄一息的鳄鱼强。

可怜的鳄鱼强,再次被丢进臭水沟,幸好被路过的豹羽看到,好心救了上来,否则它真要变成臭鳄鱼了。

北原,冰雪之地。

这里积雪厚压,坚冰覆盖。寒风浩吹,白地无垠。

一路寻找焰珠的鸦八,被海上的一场飓风席卷,结果醒来时,发现舌头结实地粘在了冰面上。它全身发冷,胆颤不已。幸好它有数十年的兽元修为,否则它早就已成为一个迷人的冰雕了。虽处险境,它依然乐观无比,驱动兽元,徐徐将舌头催暖变软,恢复了自由之身。

"哇哦,我怎么来到了这鸟不拉屎的地方?不对,我来了，这里就有鸟屎了。"鸦八在冰面上欢呼起来。但是，它很快就嘚瑟不起来了，因为这里实在太冷了，翅膀都有些僵硬了。它像木乃伊似的摔在冰面上。

突然，它看到不远处的冰山之顶，有一颗晶莹透亮的珍珠，在闪现着殷红若血的光芒，不禁惊喜道："焰珠？谢天谢地，我终于找到你了！"它拼命爬起来，朝那儿奔去，接连又摔了好几个筋斗。于是，它便灵机一动，抱成一团，滚雪球似的溜了过去。

就在它即将接近焰珠的时候，焰珠却被一只大白熊捷足先登。

"住手，焰珠是我的！"鸦八一蹦三尺高，非常愤怒。

大白熊目露凶光，暴躁道："原来它叫焰珠。可是上面没写你的名字！"

"无理取闹，这颗焰珠，我找了好几个月了！"鸦八使出绝招无敌鸦丫脚攻击大白熊，但是，半途就被一团冰冷的火焰罩住了，丝毫动弹不得，而且寒意侵身，直透骨髓，痛如虫咬。

而这时，焰珠像长了翅膀似的，从大白熊手中飞走了。

大白熊急撤掌力，鸦八重重地摔在冰面上。只见大白熊右掌迅出，形成了一个巨大的无形力网，将焰珠牢牢罩住了。

焰珠穿透不出，便发出火热的光焰，试图逃脱困局。但是，大白熊使出冷艳掌，强大的兽元源源不断地发出来，无数双光影般的熊掌，快速拍打焰珠，就像打它的脸一样，终于使它老老实实起来。大白熊满意一笑，收回了焰珠，说道："这才乖嘛！"

鸦八看得张口结舌，暗赞它兽元了得，似乎在仙阙门掌门猴靖之上。

大白熊将焰珠放在怀中，瞧也不瞧鸦八，从它身边走了过去。

鸦八声嘶力竭道："别走，焰珠是我们仙阙门的至宝！"

"仙阙门？没听说过！有本事来取啊！"大白熊不无挑衅道。

鸦八痛叫道："留下名字，自有绝世熊猫打败你！"

"我叫白熊展，已经一百多年没打架了。只要它敢来，我就让它享受这冰原的寂寞。"白熊展大笑着就要离开。

鸦八立刻拦在它面前，诌笑道："我是一只极品白乌鸦，你是一只极品大白熊，我们相遇也是缘分，不如做个朋友，把焰珠还我吧。"

"是吗？"白熊展取出焰珠，催动掌力，结果焰珠释放的一团火焰，扑向了鸦八，瞬间它雪白的羽毛被染黑了般。鸦八重重地跌落在冰面上，发现了另一个自己——黑鸦？

"不，我是仙阙门的鸦八，不是煞狱宫的黑鸦！"鸦八拍打着翅膀痛哭起来。

白熊展冷笑道："这只是个教训，别动不动和陌生人交朋友，你天生长成鸟样，还攀附我这熊样，真让人受不了。"

鸦八感觉这是它平生最大的耻辱，它发誓一定要让熊迪替它报仇。

第38章 真假鸦八

庚朗山,仙阙门。

鸦八在掌门人猴靖面前,为自己的毁容经历痛哭流涕。

它刚飞回仙阙门时,很多弟子都误以为它是煞狱宫的信使黑鸦,把它当作奸细来吊打。好在掌门人猴靖及时出现,慧眼认出了它,减免了它许多鞭笞之苦。

这时,狮玫公主手提鸟笼出现了,在鸟笼中扑腾的正是鸦八的死对头黑鸦。原来狮玫公主为了表示对天书的尊重,特意沐浴一番,方才虔诚品阅天书。却发现这不过是一本厨艺著作而已,字迹也不是熊迪的,只有书皮上的"天书"两个字出自它的手笔。于是,它大发雷霆,暴跳如雷,刚好发现来仙阙门和熊魅接完头的黑鸦,便奋力活捉了它,好好折磨它一番后,这才将它送给师父猴靖报功。当心情沮丧的黑鸦,看到鸦八变成另一个自己时,捧腹大笑起来。

"臭黑鸦,你再笑,赏你个大嘴巴!"鸦八双眼冒火道。

黑鸦狂笑不止,眼睛眯成了一条线:"我今天才发现,你和我一样英俊!"

"自恋,住嘴!"鸦八急速地打开鸟笼,俯冲进去,和它掐起架来。两只乌鸦,向来极为仇视对方,一上手就是阴招,霎时打得难解难分。一时间羽毛乱飞，鸦血四溅。狮玫公主却为之头疼，两只乌鸦混战成一团，分辨不清了。鸦八虽被焰珠火烧，但火候受白熊展的冷艳掌所控，因此它的羽毛从里到外都被熏染一黑，洗也洗不掉。鸦八和黑鸦的相貌难分彼此。

猴靖却大有深意地笑了，拍手赞道："天赐良机，妙哉！"
狮玫公主疑惑不解，猴靖对它耳语了一番，它才恍然大悟。
等到放出这两只乌鸦后，它们都说自己是真正的鸦八。狮玫公主傻傻分不清楚，正好虎贝和鹿荨赶到，它们也无法辨认。

猴靖将这个难题交给了弟子们，三大弟子绞尽脑汁，说出各种主意，都无法识破以假乱真的黑鸦。它们都会说"我是极品白乌鸦"的口头禅，同样会"无敌鸦丫脚"。因为它们都是信使，属于"包打听"，很多事情对它们来说，根本不是秘密。

鸦八说得口干舌燥，猛喝茶水。黑鸦也说得舌敝唇焦，拼命灌水。

狮玫公主被它们的狼狈状逗乐了，同时也被它们的独家信息震惊了。它们不仅曝光了很多机密大事，还泄露了很多好玩而有意思的隐私。比如虎贝到七膳房偷喝过兔巴酿的酒，鹿荨晚上尿过床。虎贝和鹿荨都恨不得马上找个地缝钻进去。这时神情沮丧的熊迪出现了。熊魅因计划泡汤，和熊迪大吵了一架。熊迪自知理亏，因为它偷懒没有写出天书，而是将一本厨艺著作冒充了天书。这本假天书，还竟然丢失了。熊魅让它立刻写出天书，否则它们永不见面。熊迪从来没有见过熊魅发过脾气，这把它吓到了。失落的它去找熊力谈心，结果又发现熊力不知跑哪去了。

狮玫公主见到它，忙屁颠颠地迎了上去。

鸦八看到熊迪，高兴道："熊迪，你快过来，告诉它们我才是真正的鸦八！"

熊迪看着它黑不溜秋的样子，摇了摇头。它发现鸟笼里有两只黑鸦，顿觉诧异。黑鸦道："越是假的，越会叫嚣自己是真的。假的就是假的，说再多也没用。"鸦八马上和它争吵起来。

熊迪不想理会它们，要去找熊力。狮玫公主表示它也没见到熊力。虎贝和鹿荨也没有看到熊力。难道熊力失踪了？

黑鸦心想，这真是个翻盘的机会，忙大叫道："我知道熊力在哪！"

"谁知道熊力在哪，谁就是真的，假的下油锅炸了。"狮玫公主威胁道。

鸦八除了执行猴靖分派的任务外，主要在寻找焰珠，它对熊力的去向一无所知。它听到狮玫公主的恐吓，心急道："狮玫公主，我才是鸦八，但是我真的不知道这该死的熊力去哪了。你看在同门之情，可不能做下糊涂事啊。"

黑鸦暗暗好笑，心想，这可是除掉鸦八千载难逢的机会，便说道："作为信使，要无所不知，才配称为'包打听'。狮玫公主，我才是如假包换的鸦八。熊力被该死的鳄鱼强抓走了，被关押在煞狱宫的豢养所。"

"又是煞狱宫！"熊迪怒不可遏，一蹦三尺高，身上的零食掉落一地。

狮玫公主忍俊不禁，把鸦八从鸟笼里拎了出来，要把它送到七膳房油炸了。

鸦八挣扎道："我要是死了，谁也不知道焰珠在哪了。"

"焰珠？"众人都被吸引了过来。

鸦八得意地看了黑鸦一眼，黑鸦见鸟笼已然打开，便计上心来，佯装道："我也知道焰珠在哪，我也知道在哪。"

猴靖肃然道："谁说出焰珠在哪，就表明谁是真的。"

鸦八为证明自己，率先说出，焰珠在北原白熊展手中，让熊迪赶快动身去北原，打败可恶的白熊展，夺回焰珠，并好好地揍它一顿，替它报毁容之仇。

黑鸦等的就是这个好消息，它趁人不注意，快活地逃离了鸟笼。狮玫公主眼疾手快，劈空一掌，将黑鸦击毙了。可怜的黑鸦，脑浆四溢，鲜血飞溅，一命呜呼了。鸦八看得心惊肉跳，心想，幸亏黑鸦自己跳出来，否则我的鸦命可能不保。

躲在暗处观察的熊魅，看到黑鸦死了，松了一口气。它担心辨出真假后，黑鸦会说出它是煞狱宫的奸细。可是，它死了，情报也不容易送出了。

第 39 章　冰原融解

猴靖让熊迪立即赶赴北原夺回焰珠。

狮玫公主为它备下了狮王宫的特色糕点，羞情满怀地欢送它，并嘱咐它注意安全。熊迪临行前，左顾右看，始终没有发现熊魅的身影，只好略带遗憾地前往北原了。鸦八也展翅高飞，带着猴靖的计划，冲向了云霄。

等熊迪走后，狮玫公主向虎贝和鹿荨说出了自己的疑虑，让它们盯着熊魅。

北原，风在猖狂地刮着，任性地撕咬着坚冰。

天地间，茫茫一片雪白，眩晕了眼。熊迪所到之处，但见冰牙交错，雪壑丛生。这里的气候更是寒冷销骨，吐气成冰。幸好，它备足了衣物，加上皮毛也算厚实，不至于太冷。它随身带的糕点，变得坚硬似铁，不过，它依然舍不得丢弃。它催动强悍凶猛的兽元，将糕点断成一小截形状，藏身于内，用体温暖化就食。如此终于穿越了险要之地，接近了冰原广袤的地带。突然，一处冰山崩陷，巨大的冰块贴着冰面急速滑来。在这危急时刻，熊迪施展绝世轻功涅云形影，飞身跳在冰块上，借力滑翔，一路吃喝着，很快到达了冰原的核心地区。它仔细观察四周，发现这里和鸦八所描述的毫无二致。

但是，到哪里去寻找白熊展呢？

就在这时，熊迪发现自己带的糕点在滑翔的时候，无意中全部丢失了。在这茫茫冰原，如果没有吃的，将面临生存的危机。它急得眼泪都快要掉出来了。于是，它调转方向，立刻原路返回。在这横无际涯、通体一白的北原，要想找到丢失的食物，并不是一件难事。熊迪很快发现了线索。可是，当它看到一个体型硕大无比的白熊时，不由得惊慌起来。论个头，这只白熊比熊力和它生猛多了。它捡食物的速度，更是刷新了熊迪的眼球。那么坚硬的食物,它竟然一口就能吃下，那吃相好像在享受超级美食。熊迪赞叹道："这才是真正的吃货啊！"它已经猜出眼前的这只大白熊，正是鸦八所说的白熊展。这么笨重的身体，竟拥有如此灵敏的速度，不是顶尖高手，根本无法做到。眼看糕点要被白熊展独吞了，熊迪急运涅云形影，飞到它面前，阻止了它。"白前辈，这样吃，太浪费美味了！"熊迪非常心疼自己的糕点,这些都是它的最爱。

"你应该就是那只臭乌鸦所说的熊迪了。"白熊展也猜出了熊迪的身份。眼前的熊猫这么肥胖，长得还傻乎乎的，轻功却如此之好。

熊迪忙施礼道："白前辈，焰珠能不能还给我？"

"你刚才说，我那样吃，太浪费美味了？"白熊展转移话题道。

熊迪发现它果然是吃货本色，敌对情绪马上弱化了，便建议它用火暖化后吃。白熊展依言而行，取出了焰珠，催动冷艳掌，使焰珠释放了适度的火焰，再把糕点放在火上烘烤。不多会，一股诱人的香气便释放出来，白熊展的口水流出三尺长，但很快结成了冰。熊迪看到后，感觉它的滑稽模样非常可笑。白熊展待糕点烘好后，张嘴大吃起来，结果烫着了舌头。它忙吐出了食物，生气地瞪着熊迪。熊迪捡起糕点，吹了吹，递给了它。白熊展有所会意，接过便小心地咬了一口，立刻欢呼跳跃起来，脸上绽放出了各种喜悦的表情包。它将糕点全丢到嘴里，大吃大嚼，十分的受用。于是，它如法炮制，将剩余的食物一一烘烤，尽情享受起来。熊迪看得口水直流，下巴很快悬挂起了一道壮观的冰帘。眼看只剩下最后一块糕点了，熊迪再也忍受不住了，打碎冰帘，从白熊展手中夺走了糕点。

白熊展看着到嘴的美食被夺走，长吼一声，挥掌击向了熊迪。它兽元雄浑深厚，出手快捷似电，看似平常一招，实则暗藏着无穷威力。初时便有三股劲道攻向熊迪的三处要穴，半途中立刻形成了七股无形的劲力，真的是无坚不摧。但是，如此厉害的掌法，熊迪轻易地就躲过了，因为它的身法更快，兽元更为深厚。白熊展暗赞熊迪果然厉害,竟然能轻易躲过它穷尽三甲练成的破冰掌。于是,它猛然施出祖传功夫冷艳掌,催动焰珠,释放出了强烈凶猛的火焰。所到之处,坚冰顿化。熊迪几无立足之地,它的四周很快形成了一片汪洋。熊迪踩在一块浮冰上,左右摇晃。由于焰珠释放的火焰过于强悍,坚冰融化的范围不断扩大,方圆百里的冰原,裂开了一条巨大的冰缝。

白熊展不小心掉落进冰缝中,下面冰剑林立,尖刺耸列。白熊展身体笨重,无从着力,根本无法施展轻功,眼看生命危急。

第 40 章　交换武艺

熊迪见情况紧急，立刻施展涅云形影，跳进了冰缝。

冷静非常的白熊展抓住了一根粗大的冰刺，奈何冰滑，它抓捏不住，身体再次往下坠落，身体也被两旁的冰刺所伤。下面冰谷深不见底，危然惊悚。白熊展自知不可能活着上去了，便闭上了眼睛，等待死亡的降临。

关键时刻，熊迪抓住了它，运用强悍无比的兽元，将它扔到了上方。白熊展反应机敏，马上借力使力，飞出了冰缝。但是，它身上的焰珠掉了出来。熊迪因为救白熊展，身体急速下坠。它看到焰珠失落，便加快速度试图抓住。白熊展被熊迪的善心感化了，急忙以全身兽元使出冷艳掌最高层次，瞬间掌控了坠落中的焰珠，使它释放出了极为恐怖的火焰。冰缝两旁的坚冰遇火而化，很快从冰缝深处涌出了蓝色的海水，将熊迪飘浮了上来。熊迪急忙道谢："多谢前辈，再次见到你，简直太棒了！"白熊展也不搭话，急忙拉起它的手就跑，因为冰缝两旁的坚冰很快就塌陷了。幸亏它们的轻功都绝世超伦，跑得及时，否则也会被水流席卷而走。

此刻，它们站在远处的冰山之上，俯视汪洋，不禁欢呼起来。

"熊迪，你的品格让我羞愧，焰珠送还给你！"白熊展双手将焰珠奉上。

熊迪见它表情真切，感动得眼泪就要流出来，但是寒冷的天气很快将它眼角的泪珠冻住了。它双眼不适，急忙揩冰。笨拙的举动，惹得白熊展直笑。

拿到焰珠后，熊迪心情非常亢奋，活泼得就像一个孩子，抱着白熊展亲了又亲。但是，它很快发觉白熊展心情有些抑郁，就像呼啸的极北之风一样，冰冷冰冷的，便指着水面上跃起的飞鱼说："前辈，我给你做顿鱼宴吧！"

"好唉，好唉！"白熊展两眼放光道。它从心里喜欢焰珠，因为焰珠可以给它带来烤熟的美味，提高它的生活质量。但是，说出的话犹如流出的口水——不能反悔。它也自知焰珠是仙阙门的至宝，否则熊迪也不会冒着生命危险在冰缝中抢救焰珠。由于北原是天地至冷之地，刚才化开的冰面，又迅速冻结成冰了。飞跃出水面的鱼，不可胜计，连同溅起的水涟，一起被冻结在半空，如同精美的冰雕般，场面蔚为壮观。它们轻而易举地收获了很多冻鱼，满载而归。

白熊展的住处是一座天然形成的石洞，由于北原之地气候寒冷，这里俨然变成了一座冰洞。洞内景色壮观，令人叹为观止。里面布满了奇形怪状的冰柱，随处可见玲珑剔透的冰乳。曼妙多姿的冰花、婀娜多姿的冰树，更是眩晕了熊迪的眼睛。最令人感到不可思议的是，这里竟然还有天然形成的冰床，棱角分明，阔大无比。可惜的是洞内不能生火，否则洞内的寒冰非得融化不可。熊迪巧妇难为无火之炊，正当犯愁之际，它想到可以借助焰珠释放的火焰来烤熟鱼肉。于是，它拿出了焰珠，准备催动它的珠元。可是，焰珠像生了翅膀般，从熊迪手中逃脱，转眼间就要飞离冰洞，幸亏被白熊展及时控制住。

"焰珠好调皮哦！"熊迪惊讶道。

白熊展不以为意道："难道你不觉得它很可爱吗？"它重新将焰珠丢还给熊迪，但是焰珠再次逃离。白熊展依旧用冷艳掌控制住了它。熊迪发现从白熊展手掌中发出的蓝色火焰，轻而易举地驯服了焰珠，对此大感敬佩，请求它传授给自己这门神奇的功夫。白熊展打着呵欠道："你的功夫似乎不在我之下。"

熊迪羞赧道："前辈技高一筹，我只是初学乍练，这套掌法叫什么名字？"

"冷——艳——掌！"白熊展不无卖弄道，"'艳'是'艳丽'的'艳'，不是'火焰'的'焰'。它是我的先祖独创的武功，曾经横扫武林。"

熊迪疑惑不解道："为什么不叫'冷焰掌'呢？"它刚才发现白熊展使出这套掌法时，从掌心发出了冰冷的蓝色火焰，旋即控制住了焰珠。

"就是一个武功的名字，你那么认真干嘛？"白熊展不耐烦道，"咦，是你认真，还是我太认真？"它依然傲慢地不想教给熊迪这门看家本领。

熊迪心想，如果学不会冷艳掌，焰珠也会在路途中溜走。于是，向来懒惰的它，竟然主动学武，并愿意用七谱密功来交换。但是，它这才发现七谱密功还有涅云形影的秘籍，都不见了。白熊展怀疑它的诚意，熊迪解释说，可能掉进冰缝了。为打消它的疑虑，懒惰的熊迪只好亲自教它。白熊展从它口中知道，七谱密功是一门和做菜密切相关的武功，便产生了浓厚的兴趣。于是，它们互相交换学习，日夜切磋。熊迪根底深厚，又是习武天才，很快掌握了冷艳掌的运功诀窍，成功掌控了调皮的焰珠，并利用焰珠释放的火焰，为白熊展做了一顿丰盛的鱼宴。虽然设备简陋，所幸熊迪身上还剩余一些佐料。它大秀厨艺，随身所带菜刀横竖翻飞，鱼鳞纷落，白熊展看得瞠目结舌，不由佩服。熊迪用七谱密功中的乾坤心法置鱼于悬空状态，再用冷艳掌催动焰珠释放火焰炙烤，刹时间鱼油渗出，鱼香四溢，一条条烤好的鱼递送给了白熊展。

整个冰洞内,到处散漫着鱼肉的香味。

白熊展吃得相当安逸,犹如醉酒般,便眉飞色舞地向熊迪吹嘘起了它的爷爷混迹于熊猫村的英雄事迹。这时,白熊展猛然发现,熊迪不就是一只熊猫吗?

第 41 章　熊侠秘史

熊迪瞪大了瞳孔，吃惊地看着白熊展。

原来白熊展的爷爷，就是它自小崇拜的偶像——熊侠。只是白熊展的这身肤色，不太相符，传闻中的熊侠通体乌黑，身材魁梧。白熊展告诉它，只有适应环境，改变自己，才能在北原生存。说完，它卧成一团，酷似一堆雪。如果不仔细看，还真分辨不出。熊迪拍手称赞。白熊展说，爷爷当年的武功达到了绝顶高手之境，它四处行侠仗义，过着居无定所的漂泊生活。后来，它路遇熊猫村，帮助村民们赶跑了抢劫的强盗，受到村民们的一致爱戴。它见熊猫村的村民相貌和它相似，又和睦友好，便定居在熊猫村，成为熊猫们的守护者。它每日有美食供养，不用从事劳动。它百无聊赖，就喜欢上了睡觉，渐渐嗜睡如命，视力因此受损，村民们背后称它为熊瞎子。它渐渐变得好吃懒做，但是村民们依然敬重它。后来煞狱宫的人，到熊猫村打劫，侵扰了那里幸福宁静的生活，惹怒了熊侠。虽然它打跑了煞狱宫的强盗，但引来了更多的强盗。熊侠一再赶跑了它们，最后引出了煞狱宫的一个高手——年轻时的蛟魔君。

蛟魔君向它下了战书，相约在子云山峰顶大战。熊侠带着村民们的殷切期望，欣然应战。熊侠的冷艳掌和蛟魔君的魔咖功旗鼓相当，两个人大战了3天3夜，一直等到暴风雨的到来。蛟魔君年轻体壮，精力旺盛，斗志不减。熊侠因平日里贪吃嗜睡，体力有些吃不消，加上视力不佳，武力值受到影响，输给了蛟魔君一招半式，受伤吐血。虽然如此，熊侠还是抱着拼死的念头，击中了蛟魔君一掌，使它受伤落荒而逃。熊侠的伤势更重，它知道魔咖功的厉害，被这种武功所伤的人，必须终日靠冰块敷伤，不过只能暂时止痛。为了疗伤，熊侠依依不舍地离开了熊猫村，形单影只地来到了北原。由于这里气候常年寒冷，它的伤势得到痊愈。但是，它因为被比它年轻的蛟魔君打败，没脸回熊猫村，便在北原安居下来。它经常怀念在熊猫村的幸福生活。

——事实上，白熊展和熊迪他们都不知道，熊侠是被蛟魔君的父亲用魔咖功打伤后，才来到的熊猫村。它确实为熊猫村打跑了强盗，但是要求村民们每天供养它美食，并提供冰块，它好暗中敷伤。它的伤势不能见阳光，只能栖身在黑屋中，结果造成视力严重下降。后来煞狱宫的人打探到它的行踪，它自知待不下去了，便捏造了和蛟魔君大战的假象，在暴风雨之夜凄然离开了熊猫村。熊侠因为要面子，向后代隐瞒了部分事实。它怕熊猫村的村民知道真相后，影响它在熊猫们心中的高大形象，便说它是被年轻的蛟魔君打败的，冷艳掌根本不是魔咖功的对手，阻止后代为它报仇。这样，它就能永远活在熊猫村民的心中，它的美名也会被传颂。它确实做到了。

其实，在熊侠离开熊猫村的第二天，蛟魔君的父亲就因伤重去世了。蛟魔君担心自己不是熊侠的对手，便没有来寻仇。熊猫村也就获得了长久的安宁。熊猫们世代都把熊侠奉为神明。

熊迪告诉白熊展，它之所以寻找焰珠，就是想让焰珠和灵珠合二为一，重新融合为焰灵珠，打败不可一世的煞狱宫。煞狱宫的主人依然是蛟魔君，上次就是因为它才使焰灵珠一珠化二，各自消失了。它还有一个儿子叫黑蛟怪，比它还要厉害。白熊展一听，喜极而泣，便拜托它一定要打败蛟魔君，还有臭屁的黑蛟怪，以雪洗它的爷爷熊侠当年战败之辱，并希望熊迪将来成为一名啸傲武林的当代"食侠"。

"食侠？"熊迪念叨着这个词，感觉很有喜感。

白熊展笑道："因为你是一个标准的超级吃货，叫'食侠'，也不委屈你。"说完,它又吃下了一条鱼,打了个饱嗝。

熊迪表示非常喜欢"食侠"这个称呼,它要努力成长为独一无二的食侠熊猫。它也终于找到了自己的梦想,也终于认为功夫是个好东西了。它为自己曾经想遗忘功夫,而感到羞愧。

在此盘桓了数日后,熊迪便辞别了白熊展。

第42章　豹羽劫狱

怒龙山，煞狱宫。

连日来练习魔咖功的豹羽，黑化现象日益严重。它发现自己的相貌发生了巨大变化，原先遍体彰显贵族气质的金钱肤色，如今黑如煤炭，胡须变得粗直，照镜自视，狰狞恐怖。它的性情也发生了骤变，遇事孟浪，稍不如意，即大动肝火。鹤翁每次见到它，都叹息摇头。而豹羽对它愈发讨厌，明明是蛟魔君的爪牙，却装成一副慈眉善目的模样。

这日，鹤翁从它身旁走过，豹羽竟然破天荒地不向它问候。鹤翁嘀咕道："已入魔道，望自珍重！"这一句话，犹如晴天霹雳，撕裂了豹羽的心。它全身冒出冷汗，颤抖不已。不，我没有入魔道，我没有……可是，我现在这个样子，连爹妈也不会认识。它连忙追向鹤翁，却发现鹤翁回头对它微笑了一下，又摇了摇头。豹羽心寒道，我真的无药可救了吗？

天阴晦起来，一如豹羽的心。

怒龙山，寒波洞。

建在洞中的豢养所，阴暗依旧，寒风更甚。

冲动的豹羽，飞身来到了这里。它想救出关押在这里的豹族和熊族，当然熊猫族除外，它讨厌那只该死的熊猫。熊力也被收监在此。

豹羽的魔咖功已经有了相当的火候，轻松解决掉了看守的狱卒。它寻到钥匙，想一一开启狱门。却发现一双血红的眼睛，正凶神恶煞地瞪着它。

"黑蛟怪？"豹羽惊呼道，它应该在休养才对，怎么出现在这里？

其实，蛟魔君早就对它有所怀疑，尤其是看到它身体的黑化反应，更是坚定了自己的猜测。封存魔咖功秘籍的球形木匣的毁灭，让它痛心疾首。这可是煞狱宫世代相传的宝物。它本想趁早结果掉豹羽，免得它练成魔咖功后尾大不掉，难以控制。但是，这个念头被黑蛟怪打消了。黑蛟怪认为，与其消灭掉豹羽，倒不如让它彻底黑化成魔道中人。

黑蛟怪冷哼道："你是不是感觉很奇怪？"豹羽的影踪，一直在龟灵和黑蛟怪的监控之下。黑蛟怪知道它来豢养所劫狱，便背着蛟魔君，来到了这里潜伏起来。它自信可以征服豹羽。狂妄的人，总是特别自信。

"你去死！"豹羽暴怒无常，出手就是刚猛非常的一掌。它也堪称习武奇才，魔咖功的修为，远远超越了黑蛟怪的想象。

黑蛟怪见掌势刚猛无比，不敢硬接，便施展魔界顶级轻功奔流如电急忙躲闪。豹羽见一招不成，不由得大发雷霆，数招频出，如叠水汹浪般攻向黑蛟怪，当真是凌厉刁狠，快凶辣猛。黑蛟怪暗暗叫苦，自知轻敌。虽然它轻功了得，变化神速，但也极为耗损兽元。它的身体尚处在康复阶段，如此一来，兽元紊乱，在体内肆意穿行。它惊悸惨叫，身体僵硬在半空。豹羽反应机敏，抓住机会，连环进击，打中了黑蛟怪膻中、鸠尾、巨阙三处要害。按照寻常拳理来论，黑蛟怪三处要害中招，不死即伤。但是，令人不可思议的是，血魂珠的珠灵，恰好藏匿于这三处要穴作怪，暗暗反噬，试图控制黑蛟怪。阴悍诡异的珠灵，被豹羽的掌力击碎，融合于黑蛟怪各路筋脉的珠元，才真正化为它体内的兽元。

黑蛟怪感觉全身上下兽元充沛，电流激绕，便暴喝一声，反击豹羽。

此时，沉睡的熊力被强大的掌力感应，苏醒了过来。病魔中的豹族、熊族和熊猫族，也被它们猛烈的打斗吵醒，竞相起身观看。尤其是豹族中人，虽然见豹羽相貌有异，也是欢欣鼓舞，不住喝彩，希望豹羽能够解救它们出去。

豹羽见黑蛟怪瞬变，兽元激增，不由震怒，虽知它来势凶猛异常，也不躲避，双掌抡圆迎向了它。两人掌力相对，身体各自震荡。

在豹羽背后的熊力，疯狂为它加油鼓劲。黑蛟怪见到熊力张狂的样子，感觉它丑死了，动怒之下，追加了兽元。黑蛟怪是煞狱宫百年难见的习武奇才，兽元向来雄厚，甚至不亚于蛟魔君。如今，它造化匪浅，又得血魂珠隆遇，兽元倍增。豹羽的兽元虽然修为不俗，但难以抵挡黑蛟怪。它像炮弹一样，猛烈地撞向了身后的监牢，结果撞破了熊力所在的狱栏，晕了过去。

熊力抓紧机会，脱身而出，急速奔跑。

黑蛟怪知道它是仙阙门的弟子，连忙追赶上去。

第43章　争夺灵珠

怒龙山，煞狱宫。

形同鬼魅的鳄鱼强，再次冒险出现在煞狱宫。

最近这段时间，它一直在暗中监视黑蛟怪，企图盗取灵珠。因为小强强的身体，已经极度虚弱。儿子是它的天，它希望天永远那么蓝。机会总是给有心人准备的，它终于等到了。上次，它被打得半死，但是为了儿子，它极速地康复。自己活得健康，儿子才有希望。

灵珠就藏在黑蛟怪静养身体的怡和殿。殿内铺玉镶金，纹龙雕凤，灵芝奇花遍布，千年珊瑚玲珑别致，极为奢侈堂皇。为防有人打扰黑蛟怪静养，蛟魔君派了重兵把守。但是，黑蛟怪固执地让蛟魔君撤掉了守卫，它认为"黑蛟怪"三个字比任何守卫都有震慑力。但是，它没有料到鳄鱼强的胆子这么肥。

鳄鱼强顺利地来到怡和殿，如入无人之境。那颗灵珠被放置在怡和殿的穹顶上，温和地释放着蓝色的光芒，使殿内旖旎华彩，甚为夺目。鳄鱼强想不发现都难。鳄鱼强见灵珠唾手可得，纵身直取灵珠，却惨叫一声，从半空跌落下来。左侧臂膀断离，血淋淋的令人目不忍视。它忙封住血脉，护着臂膀惨断之处，强忍巨痛。它哀叹自己太过愚蠢，没想到这是一个圈套。黑蛟怪认为，最醒目的地方应该成为最危险的地方。它在穹顶上用冰蚕冷丝布置了"天罗地网"，碰者肢体惨解，非死即残。鳄鱼强心中痛叫，魔界水太深，我想回山村。

悲天悯人的灵珠，感应到鳄鱼强的伤势，些许珠元聚集它的伤口，为它止住了血。鳄鱼强感激涕零，叩头就拜，"慈悲的灵珠啊，我无心冒犯，只是我的儿子命在旦夕……"一番哭诉，发自肺腑，撼动衷肠。说也奇怪，灵珠竟离开穹顶，径直垂落在它的面前。鳄鱼强惊喜万分，将灵珠捧在手中，重重地磕了三个响头，也不顾断掉的臂膀，起身就走。

在千山万壑之间，熊力正在狂奔。它想逃离怒龙山，却迷失了方向。黑蛟怪飞凌半空，瞧得仔细，暗笑道，真是一头笨熊，竟然失陷在"迷魂移位阵"，量你这智商，三年内也走不出去。它狞笑三声，震动山谷，飘然离去。熊力心悸乱闯，非但寻不到南北，反而累得筋疲力尽。它坐在地上，大口喘气。这时，鸦八出现了，骂了一声"笨蛋"，丢给它一幅阵图。聪慧的鸦八冒充黑鸦潜伏在煞狱宫，暗窥了各种机密要事，详知了各类机关。鸦八本想设法救出熊力，却没想到它事先跑了出来。它看到熊力被迷阵所困，便找到了阵图。熊力固然愚笨，却也懂得按图索骥，很快走出了迷阵，刚好撞到了手捧灵珠的鳄鱼强。

熊力看到灵珠，心想，这回我可要立下大功了。当初鳄鱼强带人洗劫了熊林山，给它留下了阴影。若是平时见到鳄鱼强，它会有些胆怯。但是，现在的鳄鱼强断了一条臂膀，它欣然道："天助熊力，创造奇迹！"它马上动手抢灵珠。鳄鱼强见是昔日手下败将，又是它装扮熊猫害了自己，跳将身体，用鳄鱼尾抽中了它的脸。熊力兴奋之下有些麻痹大意，而且它天资有限，学的多是粗浅功夫，结果被打得晕头转向。鳄鱼强趁机又追加了三拳两脚，将熊力打得昏然倒下。它松了一口气，正要离开，转身又遇到了——熊迪！

原来熊迪担心好兄弟熊力的安危，又日夜悬念关押在煞狱宫的熊猫族人，于是，它没有先行回仙阙门交差，却率先来到了怒龙山。它怕打草惊蛇，一路施展绝世轻功涅云形影，躲危避险，畅通无阻。结果遇到了鳄鱼强，更看到了被打昏的熊力。

鳄鱼强倒退三步，掏出贴身三棱锥，逼近熊力，借此要挟。

熊迪发现了它手中的灵珠，忙挥手示意，飞离十米开外，以免惹怒它。

"臭小子，倒挺识趣。"鳄鱼强冷哼道，"实话告诉你，我只想用灵珠救我儿子。若是你不老实，我就让你看到珠毁人亡。"

熊迪见鳄鱼强言情悲切，不像说谎，而且它天性禀善，易信人言，忙用商量的口吻道："鳄鱼老兄，你尽管用灵珠救人，我相信你！"

鳄鱼强不无感激道："仙阙门果然仁……"未等它说完，一腔鲜血喷出，当场扑地，残喘挣扎，发现背后偷袭的人是黑蛟怪。原来黑蛟怪回到怡和殿发现灵珠被盗，又看到了鳄鱼强的断臂，便一路追踪而来，并对它痛下杀手。鳄鱼强说了声"小强强"，便咽下了气。与此同时，小鳄鱼强也在病床上停止了呼吸。黑蛟怪取回灵珠，气焰嚣张地看着熊迪，眼神中充满了敌意。

熊迪见它手段残忍，而且从背后出阴招，不由得眦眦崩裂，大吼一声道："你太不要脸了！"它兽血沸腾，双掌齐施，如双龙戏水般，疾驰攻向黑蛟怪。

"仁者若要脸，活着都危险。魔者不要脸，做事没困难。没见识的笨熊猫，受死吧！"黑蛟怪见它来势犀利，招式威猛，繁于变化，料到它就是熊迪，心下不敢大意，立刻使出了魔咖功。黑蛟怪兽元本就深厚，又融合了血魂珠的珠元，因此功力比熊迪还要稍胜一筹。两人掌力相抵，均持续发力。一时间，岩崩石裂，尘土激扬。熊迪倒退10步，自觉虎口生疼。黑蛟怪撤离3步，却浑然无事。它没想到吸附血魂珠的珠元后，兽元竟然进境如斯，心下对熊迪再无半分怯意，使出平生得意功夫蛟吞仙阙，击向熊迪。"蛟吞仙阙"是黑蛟怪自创的武功，专门克制仙阙门的武学，因而出手招招钳制熊迪。熊迪使出浑身解数，也难以抵挡，身上很快中了七招八式，所幸伤情不是太重。突然，它想起了新学的冷艳掌，立刻抖动神威，进步向前，反身就是一掌。汹涌澎湃的火焰，立刻向黑蛟怪席卷而来。寻常火焰，当是悍热难当。但是，冷艳掌打出的火焰却是奇冷无比。黑蛟怪从未见过这般神奇的武功，旋即被冷焰围住。300年兽元催动的冷艳掌，任何一流高手，均难以抵挡寒毒入侵之苦。但是，黑蛟怪久在冰冷的羞暗池浸泡，对此已经适应，而且它还有雄厚的兽元护身，因此支撑片刻后，黑蛟怪使出魔咖功最高层次，化解了冷艳掌。

熊迪暗赞厉害，为夺回灵珠，它掷出了焰珠，用冷艳掌驱动，使其释放出凶猛无比的火焰，使黑蛟怪再次饱受热毒之苦。黑蛟怪晓得这是焰珠，心下欢欣若狂，对此志在必得，忙急运魔咖功的最高层抵抗。

这时，鸦八飞了回来，它想看看愚笨的熊力是否走出了"迷魂移位阵"，恰好发现熊迪正用焰珠对付黑蛟怪，不由暗暗惊喜。黑蛟怪经受冷热之苦，身体有些吃不消，冲它大叫道："黑鸦，快去搬救兵，夺取焰珠！"

鸦八朝熊迪使了个眼色，便飞身离去了。

第44章 猴靖中毒

煞狱宫密室内,蛟魔君和龟灵正在合力清洗豹羽的记忆,使它彻底成为魔道中人。因为豹羽修炼魔咖功后,功力颇深,蛟魔君一人之力无法完功,只好叫上了龟灵。而鹤翁此时在闭关炼药。身为卧底的鸦八,自然没有愚蠢到通知它们。它反朝仙阙门方向飞去。它事先告知过虎贝和鹿荨,它正设法拯救熊力,让它们作为外援。鸦八希望在这关键时刻,能够遇到它们。

可喜的是,虎贝和鹿荨正好赶到怒龙山脚下,随同的还有狮玫公主。鸦八忙嘱咐它们,速战速决,合力打败黑蛟怪。熊迪和黑蛟怪正僵持不下,虎贝等人及时杀到。它们急运兽元输送给熊迪。黑蛟怪受到重创,口吐鲜血,倒退十余丈。它身上的灵珠也跌落而出。熊迪忙运冷艳掌,将灵珠掌控在手中。虎贝等人见灵珠和焰珠都已得手,都欢欣鼓舞,激动不已。

黑蛟怪自知不是它们的对手,悲愤交集地飞身离开了。

鸦八挠了一下熊力的鼻子,使它醒转过来。

熊力见到它们又羞又愧,突然,它急躁道:"你们都来了,熊魅呢?"

狮玫公主讽刺道："都变成这副熊样了，还想着你心爱的熊魅，真是痴情种。"它有意说给熊迪听，熊迪心里也果然不是滋味。

"快，你们快回去，师父有危险！"熊力暴躁道。

原来熊力在煞狱宫被龟灵识破真身后，仗着皮糙肉厚，任魔界的人如何虐打，也只是装作不醒。结果，它听到了蛟魔君和龟灵的惊天密谋，它们计划让卧底仙阙门的熊魅毒死猴靖。

狮玫公主抱拳跺脚道："怎么样，我猜测的不错吧，它就是个奸细！"

虎贝和鹿荨点了点头。熊迪心情非常失落，它有些想不通。

鸦八聒噪道："报信的人是黑鸦，那时它还没有死！"

"啊，快！"它们惊呼着立刻折返仙阙门。

庚朗山，仙阙门。星辉闪耀，烛火通明。

玄尊殿内，猴靖正在闭目养神。它表面肃静如山，内心却狂野似水。

熊迪出去探寻焰珠下落，至今没有消息。时间过得越久，它的内心越是激荡不安。虎贝和鹿荨未禀告于它，又私自下山去了。狮玫公主也下落不明。种种迹象表明，它们很有可能去了怒龙山，去拯救被俘虏的熊力。它们都是仙阙门的柱石，却如此冒失地擅闯煞狱宫。它暗自祈祷,希望它们安然无恙地归来。

门"吱扭"一声开了,熊魅端着一碗川味凉面进来了。这是它专门向熊迪学会的手艺,因为猴靖最爱吃川味凉面。

猴靖闻到了香味,暗自咽下口水,让它放下离开了。自从熊迪走后,它再也没有享受过这道美味。等到熊魅走远,猴靖迫不及待地拿起了筷子。它着实饿了,这川味凉面,也确实太香了。吃下几口后,猴靖却倒在地上翻滚起来。它腹内绞痛,自知中毒,忙封住了穴位,不致毒性扩散。但是,这毒性过于猛烈,是它平生所未见。它不明白看似纯洁善良的熊魅,为什么要谋害它?它的鼻子在流血,嘴巴也开始流血,它知道这是七窍流血而死的征兆。于是,它强忍剧痛,执起毛笔,准备写下遗书。它的手颤抖得厉害,豆大的汗水滚滚而出,等到它写完"熊"字后,再无力写下去了。它仰面长叹:"冤……"堂堂武林至尊仙阙门的掌门,竟然被一介女流害死。这传出去,会成为整个武林的笑话。猴靖聪明了一世,最后死在自己的口腹之欲。

突然,窗户被撞破了,鸦八闪身出现。

它的手里拿着灵珠,治病救人的灵珠。原来熊迪为预防不测,让鸦八带着灵珠先行赶回。呆萌的熊迪思虑周全,让虎贝等人非常佩服。

鸦八看到脸上青筋暴起的猴靖，赞叹道："果然如熊迪所料！"它急忙将灵珠放进猴靖口中，灵珠遇血后，马上有了感应。它释放出柔和的珠元，遍袭猴靖全身，为它清理并消解体内的毒素。不多时，猴靖的脸色重新红润了，只是身体看起来非常虚弱。它吐出了灵珠，看着久违的灵珠，激动不已。

只听"哐当"一声，熊魅提着宝剑进来了。

它本想砍下猴靖的猴头，好向蛟魔君邀功。但是，当它看到安然无事的猴靖时，猛然大惊。"十香浸髓散"是煞狱宫秘制毒药，又经龟灵精研，毒性更强。中者无不殒命。这份毒药，是黑鸦珍而重之地交给了它。可怜的黑鸦，送给它"十香浸髓散"后，就被狮玫公主活捉了。如此厉害的毒药，猴靖吃了后，竟然没事。这简直超越了宇宙的想象。

"哼，没想到吧？"鸦八冷嘲热讽道。

熊魅被它惊吓得魂飞魄散，失声道："黑鸦？你没死？"

"黑鸦不死，我怎么唱双料独角戏，我是你鸦八爷爷！"鸦八使出无敌鸦丫脚，向它连环攻来。熊魅忙挥剑迎战，"嗖嗖"几剑，便削去了它的几根羽毛。

"小样，厉害！我请你吃便便！"鸦八挺起屁股，十几坨鸦粪，连珠炮似的向熊魅射去。熊魅急躲，依然有一坨鸦粪，喷在它的鼻子上，奇臭无比。鸦八的这套奇功，猴靖也是第一次见，不觉哑然失笑。只是它兽元极度受损，功力难复，只好作壁上观。

熊魅恶心地吐了，猴靖趁机用仅存的兽元，甩出两根筷子封住了它的穴道，使它动弹不得。熊魅惊讶地张大了嘴巴，又得到了鸦八的几坨鸦粪。

"天然绿色食品，敬请享用！"鸦八非常绅士道。

猴靖从鸦八口中得知，虎贝等人都平安健在，顿感欣慰。鸦八还告诉它，焰珠也找到了。猴靖无限期望地看着窗外的繁星。外面的星星，和灵珠一样耀眼。

第45章 恢复记忆

不过一盏茶的工夫，轻功卓然武林的熊迪，率先来到了玄尊殿。

猴靖慈爱地看着它，并看到了它手中的焰珠。灵珠和焰珠，终于失而复得。如此，它虽死无憾了。不，它不能死，也不会死，它要亲眼看着熊迪成长，成长为一代大侠！熊迪将焰珠交给了猴靖。猴靖爱不释手，老泪纵横。熊迪看到鸦八在羞辱熊魅，忙喝住了它。

熊魅泪眼汪汪道："熊迪，它们冤枉我。"

"冤枉你什么？是你下的毒，差点害死了掌门！"鸦八用嘴巴挠它的头道。

熊迪发狠地盯着熊魅的眼睛，熊魅畏惧它的眼神，最终羞愧地低下了头。

"为什么？"熊迪流下了悲愤的眼泪，解开了熊魅的穴道。

但是，熊魅却抽出短剑，狠狠地刺入它的胸膛。

熊迪举掌要打熊魅，但悬在半空，停止了。

"为什么？"熊迪左手攥紧短剑，不使它继续扎进。股股鲜血流出，溅在地面上，形成了朵朵梅花状的痕迹。熊迪的伤，在痛；心，在疼。它想象过100种与熊魅再次相遇的情况，就是没想到，心爱的女人，会把短剑刺入它的胸膛。

熊魅冷笑道："愚蠢的家伙，死到临头，还痴情一片！"它加紧猛刺，但是被熊迪掌力所阻，动弹不得。突然，熊迪双手抓住了它的肩膀，两个人的身体迅速反转。熊魅抓住机会，将短剑又刺入了一寸。而此时，另一柄利剑，刺中了熊迪的后背。

只听"啊"的一声，利剑抽回，掉落在地上。

熊魅这才发现刺中熊迪的人，是狮玫公主。狮玫公主担心单纯的熊迪遇到狡诈的熊魅会吃亏，轻功逊色于虎贝和鹿荨的它硬是飞在了它们前面，拼尽全力率先赶回。可是呆萌的熊迪还是着了熊魅的道，还傻到替它挡了一剑。熊魅心想，受伤的人本来应该是它。可是，熊迪为什么要这样做？

"无耻！贱人！"狮玫公主重新捡起剑，刺向了熊魅。半途中，熊迪用手抓住了它的剑，鲜血重重地落在地面上。狮玫公主迅速抽出，丢掉宝剑，悲痛道："为什么？它这样对你，你还……"它悲不自胜，眼泪横流。

"因为……我爱它！"熊迪低沉而有力道。

这个声音像锤子一样，砸中了狮玫公主的心，砸得粉碎。原来爱一个人，可以为它生，为它死。如果这个人不爱自己，无论你如何努力，也会输得一败涂地。它是公主，比熊魅美貌高贵，为什么在熊迪眼中，还不如一棵草？

熊魅瘫软地坐在地上，神色悲怆，四肢无力。它被熊迪的话震撼到了。这个呆傻的熊迪，丝毫不顾及自己的生命安危，竟然是因为爱它。

这时，虎贝等人赶到了，看到这血淋淋的场面，都怔住了。

熊力见熊魅神色凄楚，便奔向了它，却被狮玟公主一脚踢中它的小腿，摔了个"熊啃泥"，两颗门牙摔断。熊力大呼着爬起，怒眼睁睁地瞪着狮玟公主。狮玟公主发疯道："它差点害死熊迪，还有师父！"熊力猛然觉醒，熊魅毒害师父的消息，还是它告知的，便胆怯地退了回去。

猴靖朝鸦八使了一个眼色，鸦八会意，嘟囔道："真让人受不了，走你！"说完，它就飞离了玄尊殿，朝怒龙山而去。因为灵珠和焰珠，复归仙阙门，势必引起煞狱宫大举进攻。而此时，仙阙门的绝顶高手兔巴已经不在人世，现存的两个绝世高手一个中毒，一个受伤，情形非常不妙。

"该结束了！"猴靖说完便掷出了灵珠。

灵珠悬在半空，释放出美丽奇艳的蓝色光芒，柔和而有力量。猴靖口中念念有词，似在施法。这是仙阙门掌门才知晓的疗伤秘诀。果不其然，灵珠释放的珠元，更加强烈了。熊迪的伤口，奇迹般地愈合了。而令人意想不到的是，熊魅竟然抱头叫痛,倒在地上翻滚不止。

狮玫公主咬牙切齿道:"活该!"

不到一袋烟工夫,熊魅便昏迷过去。熊迪奔上前,将它抱起。熊力也想上前探望,却遇到了熊迪冷漠的眼神,便束手呆住了。虎贝拍了拍它的肩膀,轻声说道:"兄弟的女人,你可以喜欢,但是碰不得!"熊力羞愧地点了点头。

猴靖似乎有所察觉,便站起身,径直为熊魅搭脉,诊断片刻后,料定无事。又取出银针,扎中熊魅的百会穴,使它醒转过来。

熊魅睁眼就看到了熊迪,虽然有些疲惫,但是神采飞扬。它捧起熊迪的脸道:"熊迪?真的是你吗?我不是在做梦吗?我这是在哪儿?我从煞狱宫逃出来了?"它连连追问,难以抑制兴奋的心情。它的记忆,已然恢复,只是还暂时停留在设计逃出煞狱宫那段。

"熊魅,是我,当然是我。你到底怎么了?仿佛换了一个人。掌门,这是怎么回事?"熊迪殷切地看向了猴靖。虎贝和鹿荨也是惊诧莫名。

猴靖捋了下长长的眉毛道:"相传煞狱宫有一种邪门的武功,可以洗去人的记忆,想必熊魅遭际此害。它的恶,并非出自它的本心。它的善,由乎天性。"

"对，现在的熊魅，才是真正的熊魅。"熊迪喜极而泣，把熊魅抱得更紧了。熊魅也若有所思地紧紧地抱住了它。

此刻，狮玫公主看着现在温驯的熊魅，也感觉顺眼多了，只是心中醋意更盛。

突然，熊魅又抱住头疯叫道："不，不是我……不是我干的……"

它之前所做的种种恶事，也在记忆中恢复了。它看到了玄尊殿中悬挂的兔巴画像，想到了兔巴与天书共焚的情景，残酷的场面让它失声尖叫。熊迪紧紧搂住它的肩膀，安慰它道："这都是万恶的煞狱宫干的恶事，这一切都与你无关。"

"可是熊迪，兔巴是因为我才死的！"熊魅绝望地看着熊迪。

熊迪听到这个消息后，如遭雷击般，呆呆地注视着它，说不出话来。

第 46 章　大战在即

虎贝和鹿荨脸上都兴奋起来，原来师父和兔巴的死没有干系。

猴靖的腰杆，无形中也挺直了。多少个日夜，它都在深深的自责中度过。如今真相大白，它终于可以享受自由的呼吸了。

狮玫公主气得跺脚道："我早就说过，兔巴是熊魅害死的！"

熊迪的脸色像挂了霜的茄子，它无法接受这个事实，这对它太残酷了。被谋害的是它的授业恩师，而凶手是它最爱的女人。虽然熊魅是无辜的，但是它的手上确确实实沾满了兔巴的血。熊迪不敢去握这双带血的手，它推开了熊魅，跑了出去。狮玫公主想跟上去，却被猴靖阻止了，"让它一个人静静地疗伤吧。"

狮玫公主气愤地打了熊魅一巴掌，熊力感觉像打在自己脸上。

怒龙山，煞狱宫。

蛟魔君和龟灵出关了，豹羽已成了一具行尸走肉。蛟魔君的心情复杂，因为豹羽的真正加入，增加了它们打败仙阙门的胜算。但是，黑蛟怪无情地告诉它，焰珠被仙阙门找到了，灵珠也被夺走了。这个变故,对蛟魔君的打击太大了。它的心情马上狂躁了,脸上乌云翻滚,愤怒在它的血液中沸腾。如此一来,打败仙阙门,还有胜算吗?

老奸巨猾的龟灵聆听完黑蛟怪的陈述后,却认为煞狱宫打败仙阙门有六个胜算。从熊迪的武功路数来看,它还没有学会天书的武功。也就意味着,焰珠和灵珠无法融合。没有焰灵珠为倚仗的仙阙门,威胁并不是很大。这是胜算一。熊迪的武力值逊于黑蛟怪,这是胜算二。兔巴已死,虎贝、鹿荨等弟子,不足为虑,豹羽一人足以胜之,这是胜算三。猴靖没有焰灵珠,根本不是蛟魔君的对手。如果熊魅顺利得手,猴靖可能已经身亡,仙阙门群龙无首,将是一盘散沙,这是胜算四。煞狱宫拥有龟灵和鹤翁两大高手,这是胜算五。煞狱宫关押的熊族、豹族和熊猫族可作为人质。这是胜算六。

"既然胜算在握,那就打!"蛟魔君兽血沸腾,双眼喷火道。

鹤翁却建言阻止,它认为仙阙门的真正实力不容小觑。它们的太极玄月阵,本就不可轻视,现在又操练了新的阵法,战力得到很大提升。拥有天书的熊迪禀性善良,真正的战力还处于休眠状态,一旦被激发,后果不堪设想。猴靖是否中毒,现在还是未知数。而且仙阙门根基庞大,隐逸之士甚多,其中不乏高手,在仙阙门危难之际,它们定然不会袖手旁观。

更重要的是，它们还有老狮王的支持。

黑蛟怪勃然变色道："够了！攻打仙阙门刻不容缓！"

蛟魔君认为鹤翁所言不无道理，沉吟片刻，便问它有何主意。鹤翁建议蛟魔君放掉熊族、豹族和熊猫族的人，毕竟黑蛟怪伤势已好，不必再炼"复康奇效丹"，留着它们已无大用。而放走它们后，等于示人以弱，能极大地消减仙阙门的战斗意志。整个武林中人也会认为蛟魔君宽宏大量，会掉以轻心，对煞狱宫不加提防。到时，煞狱宫便可趁虚而入。

龟灵拂然不悦道："和敌人讲什么仁义，我们本是魔界，做一百件好事，也是魔界。那些所谓名门正派，已经给我们贴标签贴了那么久，不会对我们感恩的。我们与其在这里争论不休，不如果断出手。"

黑蛟怪感觉龟灵的话非常提气，极力赞同攻打仙阙门。

正在蛟魔君踌躇不决时，鸦八飞来了。

黑蛟怪恼恨它没有搬来救兵，正要处置它。鸦八却说它遇到了虎贝被打昏了，打消了它的怒气。醒来后，它尾随熊迪等人，打探到了仙阙门的最新消息。黑蛟怪便让它赶紧汇报工作。鸦八告诉它们，熊魅被揭穿，猴靖安然无恙，并参透了火凤凰遗留的武功秘籍，兽元大增。熊迪在猴靖帮助下，正勤练天书武功。

鹤翁趁机再次请求蛟魔君暂且不要攻打仙阙门。

龟灵却认为时不我待,不能坐等熊迪练成天书武功融合焰灵珠。

蛟魔君悔恨交加,难以自持。曾经它有千载难逢的机会得到焰珠,却因为给豹羽洗脑错过了,错过一时,遗憾一世。但是,后悔没用,决断才是真理。蛟魔君淡定地说:"让天意决定打与不打吧!"

龟灵写好了两个字签,揉成两个球形,交给了它。

蛟魔君祈祷一番,将它们抛在半空,伸手抓住了其中一个,打开一看,写着"打"字。龟灵把另外一个字签吞了下去。因为两个字签上,都写着"打"字。

于是,蛟魔君认定天意如此,便决心攻打仙阙门。

第47章 存亡之刻

庚朗山，仙阙门。

晚霞璀璨，余晖横抹。鸟掠行空，万壑幽然。

熊迪坐在溪石上，任流水冲刷它的脚。它呆呆地望着远方，感受大自然的静谧。往日，兔巴死后的那些伤心日子，熊魅就是这样坐在它的身边，一起欣赏晚霞，送走夕阳。那样的日子非常惬意。可是，这样的情景，将不复重现了。

不知何时，狮玫公主提着点心调皮地踩着溪石，来到它身边，安静地坐下来。

熊迪以为是熊魅，看了它一眼，马上尴尬地回过了头。

"哟，你还在想它啊？"狮玫公主不无醋意道。

熊迪生气道："不要提这个人的名字！"

狮玫公主将香喷喷的点心递给它道："吃吧，我亲手做的！"

诱人的香味凶猛地钻进它的鼻孔，熊迪确实饿了，接过来就吞了下去。

"哈哈，好吃吗？"狮玫公主托着脸腮的模样，清顽可人。熊迪看得呆了，它从来没有发现狮玫公主这般迷人。

"我问你话呢，好吃吗？"狮玫公主亲昵地挽起了它的胳膊。

熊迪狠狠地点了点头，它感觉悲伤的时候，身边有个女性，特别安慰。

躲在暗处的熊魅，流下了伤心的泪水，这个曾经那么喜欢自己的男人，转眼间和就别的女人打情骂俏了。

这时，虎贝急匆匆地出现了，大叫它们回玄尊殿议事。

熊迪这才发现熊魅的存在，它心中翻腾，不是滋味。而狮玫公主像女主人一样，挽着熊迪的胳膊，偎依在它的肩膀上，目光中张扬着挑衅。

熊魅深深地低下了头，痛哭起来。

玄尊殿内，猴靖满脸沉云。

它已经得到鸦八暗送的消息，煞狱宫定于子时攻打仙阙门。

昔日，仙阙门尚能和煞狱宫平分秋色，眼下却是实力悬殊。

须臾，虎贝等人都来到了玄尊殿，猴靖将情报告知了它们。它们知道仙阙门生死攸关，个个斗志昂扬，愿为师门存亡拼尽全力。猴靖非常欣慰，它取出焰珠和灵珠交给了熊迪，希望它抛弃儿女私情，尽快学会天书中的武功，融合焰珠和灵珠，救仙阙门于危难。

"掌门，这个重任太大了，我担心……"熊迪犯难道。

猴靖却因急火攻心，一腔热血喷在了熊迪的脸上，昏迷了过去。

熊迪忙取出灵珠给它诊治，虎贝等人都忧心忡忡。

猴靖在灵珠的诊疗下，渐渐苏醒过来，打发熊迪赶紧去修炼天书中的武功。

此刻，老狮王派遣的三万精兵强将，在鸦八的带领下正赶往仙阙门。

狮玫公主和虎贝、鹿荨将太极玄月阵又操练了几遍，现在的阵法比以往更精深，实战力也更强了。每9名弟子摆出一个精微的太极玄月阵，然后结成108人的大阵。大阵中共有12个小阵。每个小阵均可攻防兼备，各自能战，又声援牵连，威力难当。除此外，它们还排练出五花阵、破袭阵、擒蛟阵等18个精奥的阵法，以有效杀伤敌人为目的。每个通途，都精心布置了机关埋伏，并做好了防毒的准备，不至于重蹈覆辙。

这一夜，每个弟子都精神百倍，严阵以待。

但是，漫漫长夜过去了，煞狱宫的弟子始终没有进攻。

七膳房内，熊迪在盘腿打坐。

脑海中的天书，在它的记忆中匆匆翻阅。天书果然深奥精微，里面详细记载了高精尖的武学。可惜博大精深的武学，对于熊迪来说，有些晦涩难懂。此刻，它难以静心，只好温习了一遍七谱密功和冷艳掌。之后，它躺在床上，又在思考天书，却不知不觉睡着了。

熊魅在外静候，不敢打扰它。

次日天亮，疲惫的虎贝询问师父，是不是情报有误。

猴靖突然惊慌失措道："我们上当了，快去准备迎战！"

原来就在蛟魔君准备深夜子时攻打之际，龟灵担心消息走漏，献策暂缓攻打，以此消耗仙阙门的战斗意志。待第二日早饭前，趁它们精困力乏之时，再行攻打。煞狱宫的整个攻击阵营，严防出入，进入了静息备战状态。

虎贝还未出门，就撞到了惶恐不安的鹿荨。

"煞……煞狱宫，攻打上来了！"鹿荨上气不接下气道。

猴靖却气定神闲，目光如炬，心里仿佛有必胜的信念。

虎贝和鹿荨见师父沉着冷静，马上恢复了信心，立刻斗志昂扬地御敌去了。

第48章　力战豹羽

由于煞狱宫准备充足，它们通过强大的进攻态势，很快就突破了仙阙门在山脚设下的7道防线。守卫防线的仙阙门弟子精力疲乏，很多在睡梦中就被杀死。第八道防线的弟子们还未吃早饭，就仓促应战，因此伤亡也比较惨重。在庚朗山悬腰处，黑蛟怪亲当先锋，率领魔界的36健将，攻打至此。这里是仙阙门的第9道防线，只要突破成功，就能攻进南天门。黑蛟怪令兽兵准备好了成千上万具连弩，配置了威力强大的梼机箭。在它一声令下后，遮天盖地的梼机箭形成了"乌风密雨"阵，很快就将此处的仙阙门弟子屠戮殆尽。

黑蛟怪连战皆捷，依然不敢掉以轻心。此刻，72妖洞魔兽在豹羽的指挥下，正从后山攀爬准备对仙阙门背后进行偷袭，使之陷入两线作战的疲惫状态。但是，后山由狮玫公主坐镇指挥，它采用三班倒轮流休息，因此这里的仙阙门弟子精力比较旺盛，战意也比较强烈。猴靖吸取了上次的教训，特意让熟悉狮王宫攻防战略的狮玫公主守卫在此。探哨发现动静后，向它汇报。狮玫公主沉着冷静，颇有大将风范，待72妖洞魔兽攀爬至半腰后，即刻令人反击。第一波次推下上百个千斤之重的滚石，压死压伤了很多魔兽，惨叫声响彻山谷，令人心悸。第二波次扔下了插满铁锥的檑木，中者无不受伤坠谷而死。第三波次，等待魔兽的是烧得滚烫的沸油，浇泼在身上，立刻皮焦肉绽。三个波次的反击后，攻打上山崖的魔兽，已经屈指可数。狮玫公主让人用弓弩招待它们，密集如雨的箭簇，将残存的魔兽射成了刺猬。整个山崖，流满了魔兽的鲜血。后山自卫反击战圆满成功。

狮玫公主冷笑道："上次你们偷袭成功纯属侥幸，这次杀光你们是我的荣幸！"

正在狮玫公主准备率领人马支援南天门时，一个黑色的身影风驰电掣般地出现在它的身后。狮玫公主未加提防，背后中了一掌，口吐鲜血，差点晕厥过去。它回头一看，发现偷袭它的人竟然是豹羽。狮玫公主惊恐地看着它，不敢相信钟情于它的豹羽，会对自己出手。

豹羽被洗脑黑化，狮玫公主对它来说非常陌生。它的魔咖功出手毒辣阴狠，不留余地。幸好狮玫公主穿着用上古神兽的皮甲所做的护身软甲，带有锐利的倒刺，反伤了豹羽，否则定有生命危险。豹羽虎口血肉模糊，暴怒着再次攻向狮玫公主，像凶神恶煞般。在这千钧一发之际，熊魅出现了，它飞身挡在了狮玫公主前面，伸出双掌迎了上去。但是，豹羽凶猛阴狠的血掌打在它的熊猫掌上，丝毫没有造成任何杀伤，并被反弹回去。狮玫公主发现在熊魅背后出手相助的人，是平日里武功不济的熊力。量它力大无比，也不可能打退掌法威猛的豹羽。怎么一夜之间，它的武功像换了个人似的？狮玫公主对此惊赫不已。

熊力见自己隔山打牛的普通一掌，不仅击退了豹羽，还解救了熊魅，惊喜欲狂道："七谱密功果然厉害，熊迪真是好兄弟！"原来昨晚它请求熊迪传授给它七谱密功，以增强仙阙门的实力。最主要的是，它想更好地保护熊魅。当时熊迪正在蒙头大睡，天书中的字符在它脑中飞窜，翩翔间化为股股气流，融入了它的血液乃至骨髓，隐约间它已经领悟大半精奥的武学。哪知它被熊力叫醒，致使剩余的天书武学，再也无法领会贯通。熊迪被吵醒后，非常气恼，但看到熊力，气消了一半。熊迪见熊力态度诚恳，便传授给它七谱密功中的八卦意伤掌。熊力资质鲁钝，领悟较差，熊迪就耐心地反复讲解，并以身示范，耗损了两个时辰，终于使它开了窍。熊力整个夜晚都在练习，终于粗懂了这套掌法。而静候一旁的熊魅，聪颖远胜熊力，默然巧记，结果也学会了八卦意伤掌。刚才豹羽被击退，实则合熊力和熊魅二人之力。虽然它们两人的兽元远不及豹羽，但是八卦意伤掌以意念催动掌力，越是紧急危险时刻，意念越强，掌力也愈发威猛。熊魅想拯救狮玫公主，而熊力不想让熊魅受伤，都动用了很强的意念，使八卦意伤掌在瞬间威力猛涨。熊力却以为是单凭它自己打退的豹羽，顿时信心百倍，想在熊魅面前大秀一把实力。于是，它纵身向前，主动挑战豹羽。

豹羽大怒之下，全力以对。它使出了魔咖功的最高层次，双掌如幻影，叠跌形无踪，力道悍猛，傲然无对。熊力实战经验缺乏，竟然门户大开，结果挨了豹羽连环三掌，胸间肋骨齐断，匍匐在地，疼痛难忍，不敢动弹。它伏在地上，偷偷拿出了灵珠，给自己治伤。原来熊力见熊迪无法将灵珠与焰珠融合，担心熊魅在大战中会受伤，又私自取走了灵珠，果然派上了用场。

狮玫公主和熊魅立刻挑剑直刺豹羽，却被无形掌力所控，进退不得。豹羽将狮玫公主吸附在前，正要打向它的天灵盖。狮玫公主动情道："豹羽，你不记得我了吗？你真的不记得我了吗？"

豹羽怔了一下，被熊魅抓住机会，借助豹羽强大的吸附之力，刺穿了它的肩胛。豹羽大怒，掌力转向了熊魅，眼看它就要有生命危险。

第 49 章　天魔战阵

突然，被灵珠医治好伤势的熊力，悄然偷袭豹羽，打中了它的热府穴。豹羽脊柱生疼，兽元顿泄，掌力消逝。熊魅抓住机会，再次抽剑刺向豹羽的神阙穴，却被狮玫公主瞬间抓住了剑刃。

血，精彩地流了出来。

熊魅不明白狮玫公主为什么这样做，但是看到它于心不忍的眼神时，只好松了手，而狮玫公主被狂怒的豹羽打中了肺俞穴，心肺震荡，差点窒息。它口舌干燥，对着熊力叫道："灵珠！"它怀疑豹羽和熊魅一样，都被洗去了记忆。它刚才看到熊力用灵珠自救，便想到用灵珠救治豹羽。熊力见它脸色苍白，冒出豆大的虚汗，以为它需要灵珠治疗，便取出了灵珠，哪知脚下踩中了魔兽的血致使脚底生滑，摔倒在地，灵珠被抛在了半空。

豹羽晓得这是灵珠，马上跃身争夺。在这万分紧张的时刻，猴靖及时出现了。原来它担心狮玫公主的安危，若有闪失怕在老狮王面前不好交代，便带了部分精干弟子来到这里，希望能助它一臂之力，恰好看到豹羽在争夺灵珠。狮玫公主看到猴靖，立刻叫道："师父，救救豹羽！"

猴靖是何等聪明的人，立刻料到豹羽和熊魅一样被洗脑了，于是念动咒语，催动灵珠释放珠元。柔和有力的珠元，闪耀出来，大部分集结在豹羽身上，蓝采生辉，煞是夺目。豹羽身悬半空，抱头痛叫，脑中似有万千鳖虫噬咬。它自身的兽元开始不自觉地抵制灵珠的珠元，由于猴靖兽元大半丧失，不能有效掌控灵珠。豹羽暴喝一声，摆脱了灵珠的束缚。它突施掌力攻向了猴靖，眼看猴靖性命不保，豹羽却被强悍无比的兽元横挡在前，如遇到一道坚固的屏障般，任它兽元加持，也无法突破。更奇特的是，它很快被一团冰冷的火焰围困，身体如冻僵般，一时寒毒侵蚀，骨骼奇痛，关节极痒。

熊魅惊喜道："熊迪！"它马上又捂住了嘴，羞愧地低下了头。

原来熊迪在七膳房听说煞狱宫大举进犯，便想先做好饭，吃饱喝足后，再出门迎战。它看到猴靖带人朝后山奔去，便在后面尾随。它看到又是这只臭屁的豹子在欺负人，忙使出九成的冷艳掌对付它。猴靖见是熊迪出手，立刻再次用灵珠对豹羽进行记忆修复治疗。豹羽的身体经受灵珠和冷艳掌的双重煎熬，身体委顿成了一个球形，并且越来越小。突然，它又像炸弹爆炸一样，舒张开了身体，弹簧似的出现在大家面前。此刻的豹羽，金毛锃亮，胡须横挺，目光有神。

狮攻公主异常欣喜道："豹羽？"刚才它的伤情在灵珠强大珠元的泽惠下，已能舒卷自如。它情不自禁地奔向了豹羽。

"狮攻公主？我这不是做梦吧？"豹羽睛光闪亮，上前握住了它的手。

熊迪拍起了手掌，欢呼起来，即兴跳了一段"旋风舞"。

南天门外，虎贝和鹿荨正组织太极玄月阵与黑蛟怪周旋。

升级版的太极玄月阵威力倍增，遮天蔽日的梼机箭阵，竟然也奈何不得。成千上万支梼机箭，均被强大的集束剑波遮挡，并反射向了黑蛟怪的前锋大军，造成了不少的伤亡。黑蛟怪勃然大怒，命令36健将，即刻组成"天魔战阵"。36健将抱团结成螺旋状，亮出36把锋利无比的魔刀，飞速旋转，形成了强大的战力，疯狂向太极玄月阵扑去。虎贝见形势紧急，马上打出分散结阵制敌的旗语。108人的大阵，转眼间化成了12个9人组的小阵，避敌锋芒，寻找间隙，趁机进击。天魔战阵攻击目标比较分散，只能逐个攻打，但是浓缩版的太极玄月阵机动灵活，一味躲闪。天魔战阵攻击其一，反遭到其他8个太极玄月阵的伺机反扑，疲于应付，损耗了不少战力。鹿荨眼明心亮，它发现天魔战阵外部铁甲坚固，强悍难敌，但是中间防备力量薄弱，擅攻不善守。于是，它连忙告知虎贝，让12个浓缩版的太极玄月阵分批次进攻天魔战阵的薄弱之处。虎贝依言行事，12个小阵，渐次进攻，截击杀伤，果然奏效。天魔战阵分崩离析，损伤惨重。虎贝和鹿荨击掌欢呼，感动流涕。这些日子的训练，总算没有白废。

黑蛟怪苦恼之际，又收到了一个坏消息，豹羽率领的72妖洞魔兽全军覆没，豹羽的记忆也恢复了。事已至此，黑蛟怪不得不求救于蛟魔君。

龟灵建议蛟魔君派遣飞天魔兽携带震天雷，全力轰炸太极玄月阵。蛟魔君知道此战意义非凡，立刻启用秘密武器。飞天魔兽是煞狱宫暗中训练的空战力量，能够携带大量的震天雷，从空中对地面进行有效打击。它一声令下后，数十只飞天魔兽急速攻向了南天门外的太极玄月阵。

第 50 章　飞天魔兽

黑蛟怪见飞天魔兽派上了战场，嚣张的气焰重新升腾起来。它带领残存的 12 名健将及上千喽啰，急速后撤，以给飞天魔兽提供足够大的轰炸空间，免得炸伤自己人。仙阙门弟子见黑蛟怪狼狈逃窜，都欢呼起来。

鹿荨却惊恐万分，它手中拿着仙阙门独制秘器"天眼通"，能看到方圆数十里内的东西。它发现天空中出现了几十个长着肉翅的绿皮怪兽，不知携带何物，正朝它们气焰汹汹地飞来，看样子来者不善，忙告知虎贝，建议立即撤阵。虎贝观测后，对此不以为然。它对太极玄月阵非常有信心，马上挥旗示意迎敌。正在它们争论之际，飞天魔兽已飞至南天门上空，下蛋似的丢下了震天雷。

只听"隆隆"巨响，几十枚震天雷轰然爆炸，刹那间火光飞腾，气浪滔天，岩崩石碎，场面震撼。108 名仙阙门弟子，被炸得血肉横飞，残肢遍地，死伤惨重。虎贝和鹿荨也受了不同程度的伤，急忙带着幸存的弟子撤退。

黑蛟怪狂妄大笑，立即下令疯狂进攻。

在这危急关头，熊迪等人及时赶到，与黑蛟怪等众兽混战成一团。

蛟魔君通过煞狱宫的视力助器"望眼穿",已洞察这一切。

龟灵建议让飞天魔兽携带震天雷进行二次轰炸,将仙阙门主力干将一网打尽。蛟魔君抓住它的脖子,怒吼道:"你想炸死我儿子吗?"

"舍不得孩子,消灭不了仙阙门,这是千载难逢的机会!少宫主吉人自有天相,它不会死的!而且,它一定会理解的!"龟灵不卑不亢,毫不畏惧。

蛟魔君叹了一口气,丢下了龟灵,它明白这是一个狠毒的妙招。它通过望眼穿,看见黑蛟怪正与熊迪陷入胶着状态,难分上下。

"大王,少宫主没了,可以再生。机会没了,你还要再等多少年?"龟灵催促它赶快下定决心。但是,它没有注意到蛟魔君默默流出的眼泪。龟灵明白机会稍纵即逝,耽误不得。它夺过王旗,用旗语向飞天魔兽下令。蛟魔君竟然没有阻止,显然它已默许龟灵这样做,只是它的身体在急剧颤抖。

蛟魔君看到儿子独斗熊迪和反复无常的豹羽,竟然不落下风。6名健将通力合作,把虎贝和鹿荨打得没有招架之力。狮玫公主被两员健将围攻,也是处于劣势。作为掌门的猴靖,却袖手旁观。瞧它病恹恹的样子,想必是熊魅下毒成功了。它发现形势显然对己方有力,只要它和龟灵、鹤翁再趁机压上去，胜算还是很大的。它正要制止龟灵的疯狂计划，却听到背后不远处传来轰然巨响，强大的气浪掀翻了煞狱宫驻扎在山脚的营地。原来集存的上百枚震天雷意外爆炸了，所有的飞天魔兽无一幸免，全部遇难。龟灵对此痛心疾首，它很快发现了熊魅的影子，恼羞成怒道："这个叛徒，坏我大事！"

熊魅怀中抱着一枚震天雷，撒腿就跑。它心想，我为仙阙门立下了这个大功，想必熊迪一定会宽恕我的。适才，它在猴靖的带领下赶赴南天门时，见识到了飞天魔兽的厉害。当时，它就有了盘算，便悄然辗转到煞狱宫的营地。在一个高手的暗中指引下，它成功找到了储备震天雷的库房，引爆了震天雷。

虽然飞天魔兽因为熊魅而全军覆没，蛟魔君却对它心存感激。如果不是它，也许大错已然铸成，而且它们还有师徒名分，便让龟灵放过它。

龟灵跺脚道："只怕鹤翁也被炸死了！"

蛟魔君血液怒涨，擎起王旗，向前一指，煞狱宫的后备力量马上潮涌般地攻向了南天门。这可是训练精良的3万妖兽，个个都是精兵强将。蛟魔君和龟灵，也跟着掩杀了上去。它们都知道成王败寇，胜员成败在此一举，所以不惜代价，全力攻打。留守在玄尊殿的仙阙门弟子，也在急令号的召唤下，奔赴南天门，与煞狱宫决一死战。猴靖已经手无缚鸡之力，它见煞狱宫势大，也只能望洋兴叹。龟灵觉察到猴靖的窘迫之处，认定它中了毒。于是，它使出龟影催伤掌偷袭猴靖。猴靖关注战局进展，早已将生死置之度外。龟灵顺利得手，猴靖中掌摔了下来，幸好被熊迪接住。豹羽只身应对黑蛟怪，独力难支，很快被击中胸膛，口吐鲜血，已成重伤。虎贝和鹿荨的伤势也委实不轻。狮玫公主看到豹羽受伤，心下分神，肩膀被砍中一刀。虽然它穿有护身软甲，却也被刀力所挫扑倒在地。熊力见煞狱宫势大，扑倒在尸体中装死。

熊迪将猴靖放在安全处，取出灵珠给它。猴靖发现灵珠暗淡无光，知道珠元耗损剧烈，如再利用灵珠治伤，定会影响焰珠和灵珠的融合。于是，它摇头拒绝了熊迪，嘱咐它尽快使焰灵珠重见天日。

熊迪含泪答应了，但是，它的一口鲜血吐在了猴靖脸上。

第51章　同归于尽

猴靖吃惊地看着熊迪，不知何故，直至看到龟灵那张邪恶的脸，原来又是这个混账东西偷袭。龟灵明白熊迪是仙阙门的未来。熊迪若亡，仙阙门必败。于是，它再施重手，以十成兽元打出龟影催伤掌，意欲置熊迪于死地。猴靖见形势危急，拼尽最后一成兽元，猛然和熊迪反转身体，准备挨这一掌。它自知必死无疑，只好殷切地看着熊迪，将一切的希望都凝聚在自己的眼神中。

哪知熊迪双掌拍在它的胸脯上，一股深厚无比的兽元传入它的身体，霸道强悍的八卦意伤掌随熊迪意念而出，直击龟灵。八卦意伤掌随情势而发，情势越危险，意念则愈强，意念越强，则掌力越厉害。熊迪在猴靖生死存亡之刻，一下子激发了身体极大的潜能，一出掌便是超十成兽元。龟灵感到气腔沉闷，犹如窒息，立刻将头缩入龟壳，被熊迪的掌力打飞上了天，像飞碟一样消失得无影无踪。蛟魔君见龟灵落败，心下有些慌乱。但是，它看到仙阙门死伤惨重，和煞狱宫相比，依然处于劣势。它信心大振，悬出重赏，激励士气。仙阙门弟子收缩兵力，自发地结成五花阵、破袭阵等简便易行的阵法拼死抵抗。虎贝和鹿荨遍身是血，伤势严重，依然强撑身体，主持阵法，对煞狱宫的兽兵形成有效杀伤。

黑蛟怪见熊迪受伤，便抓住机会使出了魔咖功最高层次，攻向了它。偷袭，又是偷袭！猴靖这次已经无力反转熊迪的身体，它绝望地叫出了熊迪的名字："熊迪！"但是等到熊迪反应过来，魔咖功的掌力已至。熊迪推开了猴靖，双眼冒火地硬接下这掌，肥胖的身体被击飞在半空。熊迪感到肺腑犹如翻江倒海，焰珠也从它的身上掉落出来。黑蛟怪见状，立刻飞身抢夺。在这关键时刻，横刺里冒出来了熊魅，轻功不俗的它从后面紧紧抱住了黑蛟怪。而焰珠落在了苏醒后的狮玫公主手中，它攥紧焰珠，惊恐地看着被黑蛟怪用蛟尾抽打的熊魅。血痕缠身的熊魅痴情地注视着重重摔在地上的熊迪。熊迪向它拼命摇头，眼睛里噙满了泪。黑蛟怪每抽打熊魅一下，就像抽在它的心上。熊魅大叫了一声"熊迪，我爱你"，便引燃了震天雷。黑蛟怪双掌齐施，击向熊魅。奈何熊魅使出了全身的力气，又恶狠狠地咬住了它的肉，任凭它如何拼死努力，都无法挣脱。在混战中装死的熊力，看到熊魅要和黑蛟怪同归于尽，立刻跃然站起，泪流满面地发出了生命中最真挚的吼叫："熊魅，我永远爱你！"

只听"轰"的一声巨响，震天雷爆炸了，将黑蛟怪和熊魅炸得魂飞魄散，肉体肢裂。蛟魔君有心救自己的儿子，但是它被十重五花阵团团围困，只好无限绝望地看着这一切。黑蛟怪死了，它肆虐地冲杀，以杀戮进行无情的报复。仙阙门的弟子们，被它的愤怒和疯魔般的战力吓得胆寒，尽皆退让。但是，熊力拼尽全力使出八卦意伤掌发疯似的冲向了蛟魔君，可是它临敌经验不足，被蛟尾扫中小腹，翻身倒地，熊牙尽断。蛟魔君发现了狮玫公主手中的焰珠，便直奔过去。狮玫公主惊恐地向后躲让。身受重伤的豹羽，眼看深爱的人有生命危险，立刻纵身抱住了蛟魔君的腿，用牙齿咬下了它的一块肉。蛟魔君长痛一声，打向它的天灵盖。但是，蛟魔君万万没有想到，被认为已经炸死的鹤翁，竟意外出现，并对它突施重手，打中了它的后背。蛟魔君大怒，不顾身体受伤，挥掌打向了鹤翁。

鹤翁虽然年迈，但是轻功绝佳，轻而易举地躲过了蛟魔君的杀招。

"为什么要背叛我？"蛟魔君怒吼道。

鹤翁笑道："我从来就没真心投靠过你，何来背叛一说？火凤凰是我的知己老友。我是受人所托，忠人之事，如此而已。"

蛟魔君生平最痛恨的就是欺骗它的人，它尊鹤翁为上宾，对它几乎言听计从，还为它修建了豪华的府邸。但是，无论它付出多少，在鹤翁看来，都比不过火凤凰的一句话。蛟魔君疯狂大笑，声荡云天，震撼琼宇。它的身体突然间怒涨了

10倍，庞大的身体如史前魔兽。蛟魔君每走一步，犹如地动山摇，一脚踩死了数名仙阙门弟子。每个人都被它巨大狰狞的相貌惊吓住了，它们都没有想到蛟魔君竟然还有如此厉害恐怖的杀手锏。蛟魔君怒吼三声，蛟尾横扫，南天门雄伟阔大的汉白玉牌坊轰然倒塌，砸死砸伤了不少仙阙门的弟子。那柄直插云天的石剑，也残断在猴靖面前。

狮玫公主飞快地将焰珠掷向了熊迪。众人都眼睁睁地盯着焰珠，渴望这颗神奇的珠子，能够带来奇迹。给熊魅报仇的斗志点燃了熊迪，它满血复活，飞身接住，用十成冷艳掌催动焰珠的珠元，火焰猛烈地扑向了蛟魔君，很快将它回旋围住。蛟魔君愈是拼命抵抗，火焰越是凶猛难挡。终于，它支撑不住了，身体慢慢委顿缩小，终于回复到原形。

这时，一个飞碟状的物体意外出现了，狠狠地朝熊迪撞击而去。

第 52 章　熊迪雄起

熊迪正全力对付蛟魔君,想把它活活地烤成"红烧蛟"。但是飞碟成功打中了它的风门穴,它顿时兽元乍泄,掌力消逝,焰珠失控,凶猛的火焰也化为乌有。

蛟魔君趁机逃窜,飞碟也现出了原形,原来是被熊迪打得无影无踪的龟灵。它鬼魅一笑,调皮地说了声"拜拜",便立刻狼狈逃离了。但是剩下的健将没来得及逃跑,均死在仙阙门弟子的剑下。

虽然此战没有杀死蛟魔君,但是仙阙门的弟子们还是欢呼起来。

但是欢呼之后,它们都集体沉默了,它们看到了倒在血泊中的师兄弟们。没有人吩咐,每个人都自觉地打扫战场。

战争太残酷了,它们渴望和平,但是当煞狱宫敢来侵犯时,所有的人都会拿起武器。在敌人面前懦弱,等于将自己的肉体交在敌人的案板上,任人宰割。它们日夜备战,勤练阵法,并不是渴望战争,而是为了保证正义的武力始终有威慑力。忘战必危,这是火凤凰留下的遗训,所有仙阙门弟子都谨记这句话。打扫完战场后,它们更加刻苦地训练阵法,钻研新的破敌之术。它们知道,黎明到来之前的夜晚,总是无比黑暗的。

只有熊迪和熊力，还在痛哭着寻找熊魅四散碎落的肢体，可是无从找起。

陪伴它们一起寻找的，还有泪眼兮兮的狮玫公主。

夕阳落幕，庚朗山依旧那么美。

在一片废墟之上，鹤翁握住了猴靖的手。

猴靖非常自责，它没有保护好仙阙门。但是，鹤翁告诉它，不是你弱，而是敌人实在太强。煞狱宫虽然损失惨重，但是龟灵这个人非常危险。它肯定会想出更阴损的招数，而仙阙门唯一要做的事情就是让自己变得更强。

猴靖看到远处失魂落魄的熊迪，暗暗点了点头。

怒龙山，煞狱宫。

夜色弥漫，一片肃杀。虫鸣消隐，静寂非常。

龟灵运用"龟息疗法"帮助蛟魔君恢复了兽元，蛟魔君丧子之痛如锥心间，不由得老泪纵横。此战大败，前所未有。煞狱宫精英殆尽，元气更是大伤。

"大王，不要再哭了，你要振作，振作！"龟灵提高了10个分贝警醒它道。

蛟魔君泪眼迷离道："龟灵，我们还能赢吗？"

"大王，你想不想为少宫主报仇？"龟灵没有正面回答。

蛟魔君牙齿怒咬道："想！我要让仙阙门从九胜神州上永

远消失!"

"那就擦干你无用的眼泪!"龟灵呵斥它道。

蛟魔君像个孩子似的,擦干了眼泪。龟灵告诉它,36健将和72妖洞魔兽的尸体,已经全部运回。虽然它们死了,但是比活着更有价值。它可以用僵尸毒液,将它们全部变成僵尸怪兽。它们将不仅变得比以前更加阴森恐怖,而且战力惊人,关键是打不死!

"打不死的僵尸怪兽?"蛟魔君眼前一亮,"好,这个好!"

龟灵心中冷笑道,比僵尸怪兽更加恐怖的人,就在你面前。

信心恢复的蛟魔君,突然怒拍龙椅道:"如果不是鹤翁这个老贼,我们不会遭受如此重创。我要喝它的鹤血,吃它的鹤肉。对了,它不是劝我放了熊族、豹族和熊猫族的人吗,我现在就把它们全部杀光!"

龟灵何尝不痛恨鹤翁,它以鹤翁为友,却不料它藏得这么深。它龟眼一转,想到了一条妙计,阻止了蛟魔君的愚蠢举动,因为活着的熊族、豹族和熊猫族,比死了用处更大。

蛟魔君拍手称妙。

庚朗山,仙阙门。

熊迪和熊力,一起坐在溪石上。它们相顾无言,唯有静默。浓烈的水气,形成了层层迷雾,犹如仙境。但是它们无心欣赏,完全沉浸在无限的悲伤中。

突然,一块石头丢来,溅了它们一身水。

它们抬头一看,原来是狮玫公主,它的身边还有缠着绷带的豹羽。它们手拉手,像一对情侣。狮玫公主已经深深地明白了熊魅对熊迪的感情,它可以为熊迪而死,这份胆量值得敬佩,它还救了自己的性命。它也明白了豹羽对自己的真心,拥有一个敢用生命来保护自己的人,是幸福的。

熊迪看到它们,马上耷拉起了脑袋。

狮玫公主赤脚走进溪水中,站在它的面前训斥道:"熊迪,你要振作起来,仙阙门需要你的振作,我们需要你的振作,齐云国的百姓更需要你的振作。否则熊魅就白死了!"豹羽拍着它的肩膀道:"熊迪,拿出你的勇气与担当来,拯救仙阙门,拯救武林,拯救九胜神州!你是宇宙第一熊猫,你要为熊猫族代言!"

熊迪闻言,精神大振。

"熊迪,豹羽说得对,你一定要雄起。我们要为熊魅报仇!"熊力刚强道。

熊迪霍然站起身来,吐出了一个有力的词汇"报仇!"

三个好兄弟,抱成了一团,乐得狮玫公主鼓起掌来。

此刻,雾气渐散,朗星闪烁,夜空是那么的美。

第53章　双珠融合

七膳房内，熊迪边做饭，边思考天书中的武功。

琢磨了大半夜，它依然毫无所获。它上次在梦境中，领会了天书中的大半武学。但是它好像受到无形的牵绊，没法施展出来，在和黑蛟怪临阵对敌之时，更多地使用了七谱密功和冷艳掌，否则黑蛟怪绝不会是它的对手。梦中习武？对！想到这，它马上动手做了一份川味麻辣火锅，准备吃饱喝足后，躺在床上睡觉，在梦中习武。猴靖叮嘱过它，煞狱宫绝不会愚蠢到等它融合焰灵珠后，再攻打仙阙门。它一定要打赢时间仗。可是灵珠依然暗淡无光。

熊迪咀嚼着美味，看着灵珠出了神。闻到麻辣香味的熊力，突然从它背后出现，吓了它一跳，结果灵珠落入了火锅中。熊迪急忙去捞，但是汤水实在太烫了。它的手掌起了几个水泡，连忙吹起来。熊力感觉非常抱歉。熊迪担心灵珠会烫坏，便想将火锅倒掉。哪知奇迹发生了，从火锅里冒出了蓝彩的光芒，而且色泽愈发纯厚。熊迪欢呼道："原来灵珠喜欢吃麻辣火锅，真是太棒了，这下它的珠元可以恢复了！"于是，它期望灵珠赶快吃饱喝足。

灵珠在火锅内浸泡了半个时辰后，自己跳了出来，凌空放射出柔和有力的蓝色光辉，整个房间充盈着蓝色的格调，煞是美观。熊迪和熊力都看呆了。

熊迪高兴地飞跃而起，将灵珠拿在手中，便奔向了玄尊殿。

玄尊殿内，鸦八正向猴靖禀告。因为老狮王派遣的3万大军，行程太过缓慢，它便主动离队前往仙阙门。半道，它看到了狼狈逃离的蛟魔君和龟灵，知道它们吃了败仗，便和它们回到了煞狱宫，结果打探到一个坏消息。

煞狱宫的元气，正在急剧恢复，实力比之前还要强大。它们不仅有打不死的僵尸怪兽，还有发生变异的熊族、豹族和熊猫族。据说，龟灵又在短时间内筹备了新的杀手锏，威力不下于上次的飞天魔兽。熊迪将灵珠珠元修复的好消息告诉给了猴靖，并要为它疗伤。猴靖拒绝了熊迪的好意。它担心损耗珠元会影响灵珠与焰珠的融合。受伤的虎贝、鹿荨也断然拒绝了。它们一致要求熊迪尽快学会天书中的武功，融合灵珠和焰珠，挽救仙阙门。猴靖等人的伤势，自有鹤翁用灵丹妙药为它们治疗。熊迪无奈地答应了。它感觉自己的担子更重了。猴靖又让鸦八尽快督促老狮子的3万大军，火速赶到仙阙门，否则不只仙阙门有危险，齐云国也会朝夕不保。

熊迪在七膳房内闭关参悟了3天，始终苦思无果。它认为自己的脑子笨。为了补脑，它每天都做很多好吃的。七膳房内，锅碗瓢盆叮当作响，美味的饭菜飘逸出香。天书没有悟出来，它的体重却大大增加了。

与此同时，熊力每天都在熊魅的坟前勤练七谱密功。

怒龙山，煞狱宫。

一阵爽朗的笑声传出宫外，飘至天际。

原来蛟魔王和龟灵练成了惊天撼地的"阴煞双魁掌"。阴煞双魁掌是煞狱宫的至高武学。数百年来，从未有人练成。聪颖的黑蛟怪活着时，也没有参透其中奥秘。蛟魔君端详阴煞双魁掌出神，百思不得其解，便丢给了龟灵。龟灵见多识广，博学多才，竟参悟了阴煞双魁掌。只是阴煞双魁掌需要二人合练，才能发挥出最大的威力。于是，两人闭关修炼，结果将神功练成了。

蛟魔君见煞狱宫的实力远胜往昔，迫不及待地想攻打仙阙门。

龟灵的私欲快速膨胀，也极力促成此事。

3日后，煞狱宫大举出动了。

庚朗山，仙阙门。

老狮王的3万大军，终于抵达了，因为没有鸦八作向导，它们迷失了方向。

猴靖批评了鸦八几句。鸦八满腹情绪，便溜到了七膳房，想大吃一顿。却发现肥胖的熊迪,忙碌得满身大汗。它边唱边跳,手中的菜刀舞成朵朵浪花,青丝竹笋、黄色土豆丝、红色萝卜丝等等,在空中旋转数周,然后分掷菜盘。十多个炉灶同时开火,火候不一,油量有异。熊迪安排得妥妥当当,有条不紊,酱醋有别,调料不差。炒炸焖烧爆,煎熏溜涮煮,扒塌糟腌酱,醉氽蒸拌卤,炒菜做饭的十八般武艺,让熊迪舞得出神入化,菜品色味俱全,姿状百态生香,鸦八大饱眼福。真不知道它看似笨拙的身体,做起菜来,姿势竟然如此曼妙,动作竟然如此潇洒。鸦八不知看了多久,桌子上很快就出现了数十道菜肴。醉香鲈鱼,火爆龙虾,酱煨土豆,溜丝竹笋,熏辣蘑菇……

鸦八馋得口水直流,不由自主地喝起彩来,专心烹饪的熊迪这才发现了它,开心道:"啊,鸦八,我在给自己补脑,一会做好麻辣火锅,我们一起吃。"

"好耶!"鸦八开心地飞跳起来,结果撞到了房顶。熊迪见状大笑不止。

这时,熊迪发现桌子上的菜品被它摆成了八卦形状,真是不可思议。其实,它是无心插柳柳成荫,潜意识地领会了天书中的武功,只是不自知。在它抛掷菜品期间,数十道菜品随力道所驱使,自然落成了八卦形状。它半晌说不出话来,不明白怎么就摆出了这个形状。它看着水缸中的自己，揩下了脸上的汗。当它注意到身上的黑白相间的肤色时，突然间想起天书中的一段话"天地相交，阴阳相合。黑白无常，得道成光。禀心气运，水火相融。潜龙出水，浴火而生……灵珠属水，焰珠属火，相生不克，融为你我。"

"啊，我明白了！"熊迪欢呼起来，它取出灵珠和焰珠，气运丹田，遣意推送。它体内的兽元转为阴阳之力，一股如凌霜寒冰，一股似凶火熠腾，各绕灵珠和焰珠而转，激发珠元，蓝彩之色，血红之光，相交缠绕，渐至融合。两珠越离越近，呈极速旋转，最后果然化二为一，融合成了令人期待的焰灵珠。熊迪激动地将焰灵珠捧在掌心。

鸦八喜极而泣道："熊迪，你做到了，做到了！"

"我做到了！"熊迪抱着鸦八，亲了又亲。

很快，整个仙阙门都知道了，每个人都欢腾高呼，信心倍增。

猴靖闭上眼睛，静心享受这美好的时刻。

但是，山下警钟响起，煞狱宫的人，来了！

第54章 终极一战

仙阙门弟子立刻分赴各自的岗位,严阵以待。

36健将和72妖洞魔兽变成的僵尸怪兽,担任前锋,冲锋陷阵,势不可当。老狮王的3万大军齐张弓弩,箭射如雨,但是对僵尸怪兽来说简直就是挠痒痒。仙阙门弟子杀奔而去,剑砍在僵尸身上,竟然撞飞了。僵尸怪兽的肌肤犹如铜墙铁壁,刀枪不入。它们跳跃性强,摧毁性大,很快就闯到南天门,将布置在这里的太极玄月阵冲杀得七零八落。虎贝和鹿荨的伤势还未痊愈,不敢硬碰硬,见僵尸怪兽势大难敌,便主动撤退。蛟魔君和龟灵率领后续人马,也迅速赶到一线。108个僵尸怪兽,在龟灵口哨的指引下,分散攻击,抢占险要位置。

此时,熊迪和鸦八还在大吃大喝,它们认为刚才的警钟又是日常的预警演练。它们吃喝得好不快活。突然,一个僵尸怪兽破屋而降,掉落在桌子上。刚做好的麻辣火锅,一下子泼在了怪兽的身上。它的皮肤顿时流出了脓水,全身上下泛起了白沫,登时化成了一滩黑血。虎贝和鹿荨正好撤至七膳房,因为这里有熊迪和焰灵珠。当它们看到僵尸怪兽害怕麻辣火锅时,便计上心来。

熊迪生起了二十多个炉灶，用兽元生风助燃，锅中的水迅疾沸腾了。它将辣椒剁碎，放好一应汤料，立即做好了辣眼的火锅料理。虎贝和鹿荨召来十几个弟子，将麻辣汤水倒至木桶中，遇到僵尸怪兽，就用瓢泼出。结果不到半个时辰，108个僵尸怪兽，通通化为了黑血。

但是，拼命抵抗的豹羽和熊力，被蛟魔君打成了重伤。虎贝和鹿荨率领数百名弟子结成太极玄月阵，奋力迎击蛟魔君。狮玫公主则带领3万御林军，负责阻截龟灵和煞狱宫大军。3万御林军启用了重型弩机，能发射锋锐的弩枪，可将怪兽一枪射穿。而且它们携带的震天雷，威力更是胜于煞狱宫，将龟灵所带大军杀得落花流水。龟灵见势紧急，便吹响了青玉笛。突然间，天空中出现了百多个飞碟，不顾一切地冲向3万御林军，杀伤之后又急速飞离，回旋后，又再次冲杀，如此一来给3万大军造成了很大的伤亡。

龟灵狰狞大笑，震动玉宇。

煞狱宫大军很快杀到了玄尊殿，龟灵指挥飞碟突击队攻破了大殿。

在这危急关头，猴靖和鹤翁从殿中出来了。

猴靖惊问这些飞碟到底是何物，竟然无坚不摧。鹤翁定睛凝视，笑称这只不过是龟灵的龟子龟孙们，它们凭借坚固的龟甲形成冲杀。这时,熊迪拿着玄铁竹出现了,它大喝一声冲向了飞碟突击队,借助绝世轻功涅云形影,挥起玄铁竹像打棒球似的,将飞碟挨个击碎。

龟灵心如刀绞,再次吹起诡异的青玉笛。骤然间,山下尘土飞扬,冒出了大群的熊族、豹族和熊猫族。它们奔跑极快,撕咬抓挠,无所不用其极。仙阙门弟子和3万御林军,拼死抵抗,但是伤亡极为惨重。豹羽和熊力,亲眼看到自己的族人在冲杀仙阙门弟子,心中无比绞痛。

鹤翁晓得它们是被龟灵施法,暂时忘却了记忆。于是,它传告豹羽和熊力,戳中熊族人、豹族人和熊猫族人的百会、当阳和神聪等3处穴位。豹羽和熊力虽然有伤在身,但强提精气,奋力而为。狮玫公主也纵身帮忙。很快,熊族、豹族和熊猫族的人,都恢复了记忆。只是它们暂时麻木,不知发生了什么,个个呆若木鸡。

龟灵看到此计又被鹤翁所破,心中无比愤恨。它看到出卖朋友的鹤翁,竟然谈笑风生,马上用十成兽元使出了龟影催伤掌,掌力霸道,凌刁凶狠,誓要将鹤翁置于死地。鹤翁反应极快,立刻使出看家本领"凤鸣鹤唳",与之周旋。龟灵暗中冷笑,你中计了,它的目标是兽元丧失的猴靖。众人都惊叫了起来。

突然,一股雄厚的掌力挡住了龟灵的掌力,原来是熊迪飞至。

这时,蛟魔君已大破虎贝和鹿荨主持的太极玄月阵,它看到龟灵被熊迪掌力所困,忙纵身而来,和龟灵一起联手对抗熊迪。它们二人的兽元叠加,远胜熊迪。熊迪渐渐支撑不住。鹤翁知道形势危急,也加入战团,以自身上百年兽元助力熊迪。双方兽元势均力敌,难分伯仲。龟灵朝蛟魔君看了一眼,蛟魔君立刻会意。于是,它们使出了"阴煞双魁掌",招法一出,犹如石破天惊,转眼形成了一堵无形的力墙,推延而来,所到之处,刮石破地,势大猛烈。熊迪和鹤翁抵挡不住,被掌力击中,各自倒退数十丈。鹤翁后背撞在汉白玉柱石上,折损一只翅膀,跌落在地,昏死过去。熊迪虽然也受伤,所幸伤势不大。它想到了天书中的武功还没有施展,马上恢复了信心。自它无意间参悟天书后,发觉天书中的武功,已然运用合心,潇洒自适,轻拍一掌,便有无穷威力。于是,它大喝一声,一招"擎山破海"力压千钧,反攻而来。蛟魔君和龟灵各自用十成兽元使出阴煞双魁掌,合力抵抗熊迪,但已处于弱势。在熊迪逼近之时,它们齐齐撒掌,龟灵缩成飞碟,闪电般袭向熊迪。它上下窜跳,犀利刁狠,连连撞击熊迪的身体,使它有所创伤。而蛟魔君再次变成恐龙级的庞然大物,口中喷火,烧向了熊迪,而且它的蛟尾四处扫摆,立地顶天的玄尊殿,也不堪它的一尾之扫,轰然倒塌。刹时间,尘土飞扬,气浪喧腾。

狮玫公主急中生智道:"熊迪,焰灵珠!"

熊迪闻听,猛然惊醒,立刻取出焰灵珠。它依天书记载之法,催动兽元,使焰灵珠释放出了摧枯拉朽、雷霆万钧的珠元。蛟魔君和龟灵受珠元困扼,强力反抗,但是反击越强,珠元压制愈烈。蛟魔君和龟灵拼尽全部兽元,使出阴煞双魁掌,掌力之强,犹如风卷残云,惊涛骇浪。但是,珠元遇强则更强,两股强大无比的力道交织在一起,旋转而起,犹如台风。四散之物,周围之人,皆被力道所卷,圈入了旋风之中。一时天昏地暗,风云俱变。

等到旋风息停后,仙阙门一应人等,尽抛落在地。元武场上赫然出现了一座巍峨的石碑,屹然矗立在石龟之上。石龟分明是龟灵。石碑上缠绕着一条生猛的蛟龙,面目狰狞恐怖,俨然蛟魔君。可怜的龟灵,还没有实现自己称雄魔界的野心,就变成了石龟。众人看到都拍手叫绝,欢呼号叫。只是焰灵珠也石化了,镶嵌在石碑正上方,璀璨夺目。

猴靖老泪纵横,心中却十分欣慰。

第55章 绝代食侠

在一片惊叹中，威严的老狮王在两千御林军的护卫下，翩然而至。

猴靖和鹤翁连忙相迎，狮玟公主傲娇地扑向了老狮王。老狮王心疼地查看了爱女的伤势，并四下巡视打败蛟魔君的熊迪。而熊迪却在这时悄然离开了，熊力知道它的心思，便尾随而去。

在兔巴和熊魅的衣冠冢前，熊迪含泪而诉，告知它们打了胜仗的好消息。

老狮王向猴靖祝贺此战的胜利，它看到仙阙门一片狼藉，立刻拨出黄金万两用以修缮，并绕着蛟龙碑走了3圈，抚摸了下石化的焰灵珠，嘴角露出一丝笑意，更让人取来毛笔，大书了3个字"仙阙门"。

猴靖即刻令工匠雕刻，并移至南天门，以此震慑魔界的邪恶势力。

七膳房内，众人打扫了殿房，准备在此庆祝。

作为七膳房主厨的熊迪，拜祭过兔巴和熊魅后，尽显平生绝学，当场做出了8大菜系的各色菜品。但见，八珍玉食，齿颊留香。玉盘珍馐，垂涎欲滴。108道菜，呈八卦状排列。

众人惊羡它的厨技，大饱眼福，并交口称赞它的厨艺，一享口福。它们心中明白此战若非熊迪，仙阙门危矣，齐云国也会横遭不幸，便都尊称它为"熊猫大侠"。

熊迪摸着脑袋不好意思道："多谢各位，做大侠太累，我还是做一个吃货吧。"

众人都笑了，只有鹤翁赞叹道："名利于它如浮云，难怪天书和它有缘。"

猴靖表示赞同，当即提出由熊迪接任仙阙门的下任掌门，重振仙阙门声威。虎贝和鹿荨，以及所有的仙阙门弟子，都一致同意，喊叫震天。

熊迪受宠若惊，推辞不受。但是，猴靖硬是将掌门印信交给了它，并嘱咐它为振兴仙阙门而不懈努力。熊迪对此哭笑不得。熊猫村的村民感觉这是非常露脸的事，都高呼起来，熊迪捂着脸装作没有看见。

狮玫公主敲了一下它的肚子，打趣道："熊迪，你该减肥了！"

"唉，我全身上下没有一块听话的肉，只知道吃。"熊迪挠着后脑勺道。

众人都被它的话逗乐了。

只有老狮王心中疑云滚滚，心想，它们怎么还不倒下。

因为煞狱宫败亡，仙阙门一家独大，它甚为担心，因此命人在饭菜中下了毒。但是，它的诡计被鸦八发现了，鹤翁不动声色地暗中掉了包。猴靖这才明白，老狮王的3万大军之所以晚到，并不是因为迷失了方向，而是想等煞狱宫和仙阙门两败俱伤。只是事情发展出乎老狮王的意料。原来这才是真正的老狮王。

鹤翁在和猴靖偷偷商议对策时，恰好被熊迪知晓了。它转身回到了卧室，拿起了纸笔。这个人心险恶的武林，让它万念俱灰。

老狮王见下毒不成，便想用武力解决。

3万大军暗暗围住了七膳房，在外面堆满了柴禾，并备好了火箭，只待老狮王一声令下。突然，不知从何处刮来了一阵阴暗的风，吹灭了灯火。3万大军，也被刮得七零八落，火箭和木柴全被席卷而走。

等到灯亮时，众人发现老狮王不见了。

后山云顶台，熊迪咬了一口竹笋馅包子，将写好的天书交给了老狮王。

老狮王非常感动，不明白它为什么要这样做，这可是仙阙门的武学瑰宝。

熊迪告诉它，人的灵魂不能缺氧，否则整个世界都是黑暗的。有了善良的灵魂，这个世界才有黑白之分，就像熊猫的肤色，有黑白才有和谐。说完，它跳下了云顶台，因为这里是它和熊魅曾经相约的地方。老狮王认为熊迪自杀了，而且又得到了天书，焰灵珠也石化了，仙阙门对它已经构不成威胁了。它姗姗出现在七膳房，向众人谎称熊迪不辞而别，便带人离开了仙阙门。猴靖和鹤翁派人四处寻找熊迪，但是始终没有它的下落。

一月后，老狮王因为强行修炼天书中的武功，结果焚身而亡。齐云国的百姓都认为是宫内起了大火，把它烧死了，并且非常怀念它。半年后，豹羽和狮玫公主结婚前夜，发现有人在宫里做好了8大菜系，并留下了一张祝福它们的纸条。

狮玫公主知道这是熊迪的杰作，但是找不到它的踪影，成为女王的它便下旨敕封熊迪为"食侠"。站在箭楼上的熊迪想起白熊展对它说的话，欣然接受了这个封号。它对身边的熊魅笑了笑。原来熊魅没有死，震天雷炸死了黑蛟怪，却把它弹飞到后山的悬崖，正好挂在一棵树上，昏迷过去了。它由于双腿受伤，没法回到仙阙门，便只好在谷底摘些野果生存。熊迪当时也不是跳崖自尽，只是为了消除老狮王的猜忌。它轻功卓越，恰好发现了采摘果实的熊魅。

熊魅笑道："吃货变成了食侠，真有意思！"

"熊魅,你以前嘲弄我是一头萌熊,现在呢?"熊迪搂过了它的肩膀。

熊魅亲吻了它一下:"现在你是我心目中的英雄!"

"不,现在我是一头猛熊,亲爱的!"熊迪不怀好意道。

熊魅嗔怒道:"坏蛋!"

于是,它们一起牵手跳下了箭楼,从狮王宫消失了。

从此,再没有人知道熊迪的下落,但是民间始终传颂它的美名,它四处行侠仗义,并品尝美食,成为人们心目中的一代食侠。后来有人说,它身边出现了一个美女,熊魅没有死。也有人说是另外一只熊猫。反正英雄身边不会缺少美女。

食侠的故事,一直被人们传说。